KB270299

새

새

1판 1쇄 발행 ｜ 2013년 4월 5일

지은이 ｜ 허창옥
발행인 ｜ 이선우
펴낸곳 ｜ 도서출판 선우미디어

등록 ｜ 1997. 8. 7 제300-1997-148호
110-070 서울시 종로구 내수동 75 용비어천가 1435호
☎ 2272-3351, 3352 팩스: 2272-5540
sunwoome@hanmail.net
Printed in Korea ⓒ 2013. 허창옥

값 10,000원

※ 잘못된 책은 바꿔 드립니다.

※ 저자와의 협의하에 인지 생략합니다.

※ 이 도서의 국립중앙도서관 출판시도서목록(CIP)은 서지정보유통지원시스템
홈페이지(http://seoji.nl.go.kr)와 국가자료공동목록시스템(http://www.nl.go.kr/kolisnet)에서
이용하실 수 있습니다. (CIP제어번호: CIP2013001697)

ISBN 89-5658-341-9 03810

새

| 허창옥 수필집 |

선우미디어

책머리에

좋아했던 말들을 생각해봅니다. 읽다, 쓰다, 이 말들이 언제나 설렜고 기뻤습니다. 열망했고 열정에 휩싸였으며 치열하고자 했습니다.

오랫동안 고요, 평화에 머물 수 있기를 염원했습니다. 하지만 그건 참으로 아득한 말이었습니다. 이만큼 나이 들어서 좋아하게 된 말은 자유입니다. 자유는 이를테면 편안함과 같은 뜻입니다. 진정으로 편안해지고 싶습니다. 편안함은 그러나 아직은 저 멀리 있는 듯합니다. 좋아했던 말들 중 어느 하나에도 이르지 못했습니다. 괜찮습니다. 더는 어찌할 수 없는 일이니까요.

또 무엇이 있을까요. 지금 떠오르는 수많은 말들을 여기에 다 쓸 수는 없는 노릇입니다. 사랑했던 어휘들과 문장들로 네 번째 수필집을 묶습니다. 문자와 더불어 살 수 있어서 행복했습니다.

무엇보다 살아온 날들과 남아있을 날들에 감사합니다.

2013년 봄
햇살가득한 방에서 許昌玉

허창옥 수필집

새

| 차례 |

|2부| 두통 때문에

|3부| 생의 이면

|4부| 집으로 가는 길

|5부| 나중에 나는

|6부| 멈추어 서서 살아내는 법

|발문|

|별첨|

1부

섣달그믐밤

새가 꿈꾸고 내가 열망하며
동시에 내 안의 새를 날려 보내고 싶은,
그 자유란 그러니까
곤고한 일상의 뒤에 찾아오는 것이다.
일상은 고단한 날개 위에
내려덮이는 어둠이며,
늦은 저녁의 허기이고,
시린 발목이다.

구름 많고 오후 한때 소나기

―아포리즘 수필 2.5매

굵은 빗방울이 떨어진다. 툭! 툭! 마른 땅위에 물꽃을 터뜨린다. 천둥소리가 크다. 섬광이 하늘을 찢는다. 비가 쏟아진다.

강둑에 서서 새들을 보고 있었다. 우산이 없다. 낭패다. 백로는 긴 다리로 선 채 날개를 털어내고 오리는 무심한 듯 유영한다. 새들은 초연하다.

옷이 젖고 몸이 젖는다. 자박자박 물 밟히는 소리가 난다. 마음까지 물기로 가득 찰 만큼 비를 맞는다.

그랬다, 하늘이 낮았다. 일기예보-구름 많고 오후 한때 소나기-도 있었다. 외출을 하지 않았어야 했다. 아니 우산을 가져나왔어야 했다. 그러지 못했으니 뛰기라도 해야 하는데 다만 고개 숙인다.

"비를 맞겠습니다. 그냥 비를 맞겠습니다."

둑길을 버리고 다리를 건너며 생각한다. 한때, 한때라 했다. 소나기 속엔 이미 '갬 또는 맑게 갬'이 내포되어있다.

(2013. 현대수필)

새

　새다. 새 한 마리가 얕은 물에 발목을 담근 채로 연신 먹이를 쪼고 있다. 신천新川의 산책로를 걷다가 봇물이 내려와 작은 폭포를 이루는 곳, 물이 가장 가까운 기슭을 찾아 앉았다. 물소리를 듣고 있으면 마음이 고요해진다. 하여 물소리 듣기를 좋아하지만 도회지에서 흐르는 물을 만나기란 쉽지 않다. 걷기 위해서가 아니라 물을 만나고 싶어서 신천을 찾는다. 혼자 앉아서 흐르는 물을 바라보다가, 눈을 감고 그 소리를 듣다가 강 저편에 서 있는 새를 본 것이다. 검은 새다.

　아침저녁 신천을 지나며 백로를 본다. 깃털이 눈부시게 희고 몸매가 빼어난 새다. 새는 천천히 날거나, 길고 가느다란 다리로 서서 자태를 뽐내고 있는데 그 견줄 데 없이 아름다운 새를 차창으로 바라보는 순간 나는 행복해진다. 날거나 머물거나 그것이 새인 것만으로도 나에게 기쁨을 준다. 더구나 하얀 깃털 옷을 입은 새라니!

　하지만 해 저물어 어둡고 선득한데 먹이를 쪼고 있는 저 검은 새는 쓸쓸해 보인다. 그를 바라보고 있는 나는 행복하지가 않고 마음이 아리다. 저 새는 가난하고 추워 보인다. 둥지로 돌아가 잠을 자야할 시간에 왜 아직도 시린 물에 발목을 묻은 채 먹이를 구하고 있는가. 새의 이름도 생태도 모르면서 그 처지를 운운하는 것은 미안한 일이다. 이 시간에 거기에 있는 것, 저 새에게는 그저 평범한 날의 평범한 일상일지도 모른다.

일상이라, 불현듯 이태 전에 본 조각전彫刻展이 생각난다. 각 북 가는 길에 동제미술관을 들렀었다. 『일상과 이상』이란 테 마로 전시된 작품들 중에 유난히 내게 다가왔던 것은 「여행」 이었다. 새의 형상이었는데 인상적인 것은 둥근 공간으로 처 리한 새의 몸통에 사람을 앉혀 놓은 것이었다. 하늘을 향해 한 껏 길게 뻗친 부리와 목에서 수직상승의 의지를, 수평으로 쫙 펼친 두 날개에서 무한창공을 날고 싶은 열망을 느낄 수 있었 다. 그 의지와 열망은 새의 것이며, 새가 되고 싶은 사람의 것 이라 여겨졌다.

옳거니 했다. 사람이 만든 새인 비행기로는 도저히 이룰 수 없는 비상이다. 멋진 비상, 진정한 비상은 대기와 구름을 살갗 으로 느끼고, 온몸으로 비바람의 저항을 이겨내면서 누릴 수 있는 새들만의 특권이다. 자유인 게다. 작품「여행」에서 내게 건너온 메시지는 자유였다. 새의 몸에 실려서 여행을 하는 자 유가 아니라 '새' 라는 형상과 의미 그 자체로 충만한 자유, 그 것이 느닷없이 날아와 가슴에 박히는 기분이었다.

그날 새 한 마리가 내게로 들어와서 여태도 살아있다. 나는 그 새를 가두고 있는 새장이며 새 주인이다. 내 안에 있는 새를 내보낼 어떤 방도도 없이 이따금 새의 파닥이는 날갯짓을 느끼고 그 지저귀는 소리를 듣는다. 그런대로 산새소리 물새소리 가로수에 찾아드는 도회지의 뭇새소리를 즐거이, 때로는 아프게 들으며 살고 있다.

강은 빈약하다. 인공으로 유지되는 강이어서 보에 물을 가두고 내보내고를 조절한다. 보에서는 흘러넘치는 물이 연이어 흐르지를 못하고 바로 아래에서 바닥을 드러내는 형국이다. 유장하게 흐르지는 못할지라도 밤낮으로 강물이 흘러서 신천이란 이름이 무색하지 않았으면 좋겠다. 그게 많이 아쉽지만 지척에 물이 있다는 사실만으로도 고마운 일이다. 더구나 그 물 위를 나는 새들을 볼 수 있고, 밤이 되어도 강을 떠나지 못하는 새를 보며 그와 나 그리고 내 안의 새가 하나가 되는 시간을 가질 수 있으니 진정 기껍다.

상념에 젖은 사이 검은 새가 보이지 않는다. 그가 날개를 펴는 순간을 놓쳤다. 어디로 갔을까. 그곳이 어디이든 꿀맛 같은 잠을 자기를 바란다, 내일은 또 하루치의 일상이 기다릴 터이니. 일상은 고단한 날개 위에 내려덮이는 어둠이며 늦은 저녁의 허기이고 시린 발목이다. 그럼에도 불구하고 일상은 살아 있음의 환희와 자잘한 기쁨의 원천인 것이다.

새가 꿈꾸고 내가 열망하며 동시에 내 안의 새를 날려 보내고 싶은, 그 자유란 그러니까 단순히 일탈에서 얻어지는 것이 아니다. 그것은 곤고한 일상의 뒤에 찾아오는 것이며, 겨운 날

갯짓으로 헤쳐 나가서야 비로소 이를 수 있는 편안한 마음 또
는 얽매이지 않는 정신일 터이다. 온갖 것에 얽매여 저 창공을
날지 못한 내 안의 새는 오늘도 힘찬 비상을 꿈꾸며 다만 하루
치의 날갯짓을 끝낸다.

(2010. 대구예술)

해피엔딩

느닷없이 내게 떠맡겨진 그것은 박스들과 신문지, 과자상자들이 찢어지고 뭉개진 채로 붉은색인지 검은색인지 분간이 안 되는 노끈에 되는대로 묶여있었다. 대체 그 커다란 뭉치를 어디서부터 어떻게 끌고 온 것인지.

오후 두세 시쯤 비가 부슬부슬 내리기 시작했다. 낯선 할머니가 그걸 낡은 유모차에 싣고 위태롭게 걸어오고 있었다. 빗물막이차양 아래에 그걸 부려놓더니 얼굴만 들이민 채 "이거 좀 봐주소. 비 그치면 가져갈라요." 쐐~ 바람 빠져나가는 것 같은 목소리를 뱉어냈다. "그러세요." 무심히 대답했고, 빈 유모차를 덜덜덜 밀고 가는 할머니의 굽은 등을 잠시 바라보다가 눈길을 거두었을 뿐이다.

폐지 수집하러 다니는 사람이 하도 많아서 특별한 느낌도 없었다. 내 약국에도 단골(?)로 오는 사람이 셋이나 되고, 시도 때도 없이 들여다보고 "폐지 없어요?"라고 묻는 불특정다 수도 있다. 그러니 내가 폐지덩이를 맡았기로서니 거기에 알량한 책임감까지 발생할 줄은 몰랐던 것이다.

　비는 이미 그쳤고 어둠이 짙게 내렸다. 퇴근을 미루며 기다렸지만 그분은 오지 않았다. 내일은 오겠지. 밤새 밖에 둘 수도 없어서 낑낑 안으로 들였다. 이튿날 무심코 문을 열다 눈앞에 놓인 커다란 뭉치를 보고 깜짝 놀랐다. 잊고 있었던 게다. 낡아빠진 노끈을 두 손으로 잡고 바깥으로 질질 끌어냈다.

　햇살은 투명했고 지난 밤 비에 씻긴 풍경은 산뜻했다. 유쾌하게 일을 시작했는데 본격적으로 성가신 질문들이 내게 던져지기 시작했다. 아침저녁으로 폐지를 가져가는 중년여자가 재바르게 걸어와서 "고맙습니다." 하고 그것에 손을 댔다. "아뇨, 그거 다른 사람 겁니다." 내가 다급하게 말했다. 그 여자는 이 건물의 사무실들이 내놓는 적지 않은 폐지에 무슨 특권이나 있는 것처럼 다른 사람 주면 안 된다고 수시로 다그친다. 며칠에 한 번씩 오는 할아버지께 나는 신문지를 따로 모아두었다가 그 여자 몰래 내어주곤 한다. 그 여자가 다니는 시간을 용케 피해서 틈새를 공략하는 좀 더 나이든 아주머니가 있는데 몇 번인가 그 여자의 영역을 침범해서 건물주차장에서 머리칼을 뜯으며 대판 싸운 적도 있다. 그 세 단골이 차례로 와서 그 뭉치를 탐내는 걸 겨우 물리쳤는데 지나가다가 우연히 폐지덩이를 본 사람까지 가져가도 되냐고 묻는 통에 신경이 곤두설 지경이 되었다.

　일을 하다가도 자꾸만 눈길이 바깥에 놓인 폐지로 갔다. 지켜야했던 것이다. 약 박스들이 거의 날마다 나오고 빈 약병들도 재활용이 되는 것이어서 그것들을 가져가는 사람들이 얼마나 치열한지를 잘 알고 있다. 노인들이 새벽부터 나가서 골목들을 누비며 폐지를 수집하는 현장을 텔레비전에서 방영한 적이 있었다. 리포터는 그런 현실을 두고 '폐지전쟁'이라 하였다. 그런데 고물상에 속속 도착하는 폐지뭉치들이 내 눈에 산더미만큼 커 보여도 노인들이 손에 쥔 돈은 가랑잎처럼 가벼웠다.

어찌 내 앞에 놓인 폐지를 주인 아닌 다른 사람에게 줄 수 있겠는가. 사태는 그러나 꽤나 편치 않게 되어갔다. 아침에 끌어내고 저녁에 들여놓고 온종일 지키기를 일주일이나 하게 된 것이다. 인내심이 바닥을 보이기 시작하였다. 자꾸 옮겨지는 통에 그것의 꼴이 더 말이 아니게 되어서 풀어헤친 다음 다시 차곡차곡 쟁여서 단단하게 졸라맸다. 여드레째 아침에 남편이 "그만 물어주고 말지. 누가 가져가면 어떻소." 라고 뚱하게 말해서 부아를 누르고 있는데 "기껏 몇 천원이면 될 텐데." 까지 덧붙이는 바람에 나는 그예 "이게 지금 돈 문제예요?"란 날선 말을 쏘아붙이고 말았다.

아파서 못 오는 것인지도 모르잖아요. 이게 돈 이상의 어떤 것일지 누가 알아요. 그럼 진즉에 왔어야 하잖소. 새벽 세 시에 나가서 주운 것이면 어쩔 건데요. 그게 단돈 천원이라 해도 우리가 결정할 건 아니죠. 그럼 끌어안고 살든지. 급기야 남편과 나는 폐지 때문에 목소리를 높이고 말았다. 지금부터 무조건 제일먼저 묻는 사람에게 가져가라 할 거요! 어디 그러기만 해봐요!

　나도 손을 들고 싶었다. 속으로는 남편 말에 동조하면서 괜스레 그에게 화를 내고 있었다. 그래 모르겠다. 그리 생각하다가도 병이 나신 건 아닐까, 혹여 돌아가신 건 아닐까, 별의별 생각이 다 드는 것이었다. 폐지를 가져갈 때마다 누런 이를 드러내 보이며 허허 웃던 장노인이 한동안 보이지 않았을 때도 같은 생각을 했었는데 어느 날 허리를 꼿꼿이 세우고 걸어가시는 모습을 보았다.

　정작 할머니는 깜박하셨거나 대수롭잖게 생각하셨을 수도 있는데 내가 지나치게 심각했던 건지도 모른다. 더는 마음을 쓰지 않기로 하였다. 조제실에서도 밖을 넘겨다보지 않았고 자리에 앉으면 책만 뒤적였다. 그러다가 어느 순간 눈을 드니 폐지덩이가 사라지고 없었다. 누가 가져갔을까, 말 한 마디 없이. 잠깐 허전했지만 이내 후련해졌다. 누가 가져갔든 그 사람에게 좋으면 좋은 것이지. 그래 잘 됐다. 해피엔딩이다.

(2012. 에세이21)

동행

정리하면 이렇다. 횡단보도를 건너서 버스정류소 쪽으로 쭉 걸으면 김밥전문집 보인다. 그 모퉁이를 돌면 페인트를 파는 집이 보이고 조금 더 가면 반찬가게가 있다. 그 가게 오른 쪽으로 좁은 골목길이 있는데 거기 세 번째 파란철대문집이 우리 집이다.

여든한 살 수연할머니는 내 약국의 단골이시다. 김수연, 할머니의 이름은 젊고 세련되었다. 주름살이 많긴 하지만 하얗고 동글납작한 얼굴, 뽀글뽀글 파마머리에 옷도 곱게 입으신다. 갈색가방을 끈이 오른쪽어깨에서 왼쪽가슴을 대각선으로 지나도록 메고 다니시는데 걸음걸이도 재바르다. 작고 마른 체형이며, 말씀도 야무지다. 구구절절 한 맺힌 사연도 아닌데 나만 보면 하염없이 이야기를 늘어놓으신다. "저 건너편에 김밥집이 있다. 그 안 골목에 페인트 파는 집을 찾으면 된다." 시작이 항상 같다.

　파란철대문집에서 수연할머니는 열 살 연상의 다른 할머니와 같이 사신다. 듣기로는 귀는 철벽이고 고집은 황소인 심술사나운 노인이다. 그 일면식도 없는 할머니를 들은 대로 옮겨보면 대강 다음과 같다. 텔레비전은 소리를 한껏 올려서 화면이 지지지~익 할 때까지 틀어놓곤 한단다. "할매~ 그 테레비 좀 꺼소!" 수연할머니가 고함을 지르면 코를 골고 자다가도 "내 테레비 본다!"라고 맞고함을 친단다. 방에 있을 때나 마당에 나와 있을 때나 텔레비전은 끄지 않는다. 형광등도 밤낮으로 켜놓아서 수연할머니의 신경을 긁는다. 그러고도 전기세는 달랑 만원 한 장이다. 죽어도 더는 안 낸다. 물은 또 얼마나 흔전만전 쓰는지, 수도꼭지를 아예 잠그지 않는다. 매사 막무가내다. 아들이 오고 딸이 와서 아무리 청해도 따라나서지 않는다. 찰거머리다. "아이구 내가 전생에 무슨 빚을 졌나 몰라." 이따금 몸져누우면 그 촌수 가린다는 '뒤'까지 치워야하니 기막힐 노릇이라는 것이다.

　한 번 와보라는 말을 여러 번 들었다. 호박죽과 깨죽, 포도를 사 들고 내 뜻 반 할머니 뜻 반으로 횡단보도를 건넌다. 버스정류소를 지나 조금 더 걸으니 '장군김밥' 주황색 돌출간판이 보인다. 시장골목으로 접어든다. 태창유리, 신나라신발, 색 바랜 간판 아래 낡은 셔터들이 입을 굳게 다물고 있다. 상권이 죽어있어 안타깝다. 내부가 전혀 보이지 않는 페인트가게를 큼큼거리며 지난다. 용케도 반찬가게는 버티고 있네, 생각하면서 들여다보는데 점숙아주머니가 보인다. 여기였구나.

손에 물마를 틈이 없어 노상 몸살을 앓는 아주머니다. 반갑게
인사를 하고 물김치를 산다.

파란철대문집, 동화책에나 나올 것 같은 예쁜 느낌이지만
그게 아니다. 퇴락한 집이다. 칠이 벗겨지고 삐걱거리는 대문
이다. 대문을 미는데 집안이 한눈에 들어온다. 조심조심 발을
들여놓는다. 화단 옆 커다란 고무함지박에 몸을 담그고 계시
는 할머니의 뒷모습이 보인다. 그래도 얌전하시다. 아래위 속
옷은 입으신 채다. "수연할머니~" "누구고?" 수연할머니가
안방에서 나오다가 정말로 왔느냐고 손뼉을 치며 반기신다.
목욕하시는데 들어와서 죄송하다고 함지박 할머니께 말씀드
리니 멀거니 바라보기만 하신다. 정말이지 애처롭도록 많이
늙으셨다. 수연할머니가 한 마디 하신다. "귀신도 안 델꼬 가
는데, 무얼!"

"천날만날 내가 무슨 일이고!" 큰 할머니 옷 입으시는 걸 거
들며 지청구를 하시는 수연할머니의 눈빛에서 진득한 애정이
읽힌다. "누가 아프다 캤나, 뭘 죽이고?" "잡숫기나 하소!" 다
행히도 두 분은 맛있게 잡수신다. "전기세, 물세 좀 더 내소!"
"니가 집주인 아이가, 냉장고도 니가 크고!" 이런 집에 나 아
니면 누가 세 들어 살겠냐고 중얼중얼하시는데 정신이 초롱이
시다. 티격태격하는 모습을 보는 게 즐겁다. 돌아오면서 잠시
더위를 잊는다. 두 분 잘 사시는 게다. 고함과 맞고함으로 사
사건건 시비지만 두 어른 참 잘 사시는 게다. 큰 할머니는 적
막이 싫고 어둠이 두려우신 게다. 그래서 텔레비전과 전등을

끄지 않는 것이다. 십년을 함께 살면서 자식보다 더 편해졌다. 하여 자식을 따라 나서지 않는다. 이제 그만 가라고, 언제까지 있을 거냐고 이따금 퍼붓기도 하지만 수연할머니도 끝까지 내치지는 않는다.

언제까지 그렇게 사실지 아무도 모른다. 아흔의 할머니는 막무가내로 기대고 여든의 할머니는 못이긴 척 곁을 내주며 살아가고 있다. 한 뼘이나 남아있을까. 생의 마지막 자락을 그러쥐고 참 달게 사신다. 서로 긍휼히 여기면서.

(2010. 창작수필)

섣달그믐밤

임금이 나를 바라보고 있다. 나는 오십 보쯤 떨어진 곳에 앉아서 그의 곡진한 시선을 느끼고 있다. 그는 나를 찬찬히 헤아리고, 나는 그의 마음을 깊이 들여다본다. 그의 고뇌가 무엇인지를 백성의 눈도 어미의 가슴도 아닌, 한 인간의 마음으로 짚어본다.

그의 휘는 혼琿이며 조선 15대 임금이다. 어느 왕자가 세자가 되느냐로 신하들이 밤낮으로 싸웠다. 마침내 왕이 되었으나 서출의 올가미는 촘촘하고 단단했다. 그의 영민함은 차츰 흐려지고 분노가 칼날처럼 벼려졌다. 어린 동생을 죽이고 그 어미를 폐하는 패륜을 저질렀다. 하여 광해군으로 강등되었으나, 그것은 나중의 일이며 지금의 그는 어진 군주이다.

임금의 가슴에 얹힌 맷돌은 무겁다. 시종들이 밤을 꼬박 밝히며 그를 지키고 있지만 그는 두려움에 휩싸여있다. 상소들, 간언들, 산적한 난제들로 인해 그의 숨결은 거칠고 왜, 명, 청

사이에서 그의 고뇌는 깊어만 간다. 칠흑 같은 섣달그믐밤, 임금은 그래서 외롭다.

이 밤에 내가 임금을 불러낸 까닭은, 그가 아직 임금이었던 어느 해 과거시험에 "섣달그믐밤의 쓸쓸함에 대하여 논하라"를 시제로 내렸다는 사실을 불현듯 기억해냈기 때문이다. 그를 생각하자 그의 쓸쓸함이 내게로 와서 무너지고 사무친다. 임금과 내가 생각하는 바, 해야 할 바가 매우 다를 것이기에 그의 고뇌와 나의 고뇌는 사뭇 다를 터이다. 하지만 섣달그믐밤에 한 인간에게 사무치는 쓸쓸함이야 무에 그리 다르랴.

해야 할 일들이 많았다. 잘했거나 못했거나 해는 저물었다. 엘리베이터 앞에 잠시 서 있다가 계단으로 몸을 돌렸다. 지쳐 있었는데 무슨 심사인지 스스로도 몰랐다. 3층서부터 숨이 찼고, 7층쯤에서 종아리가 당겨서 무릎을 짚고 쉬었다. 9층에선가 허리에 손을 얹고 몸을 젖혔다. 그렇듯 헉헉대며 20층까지 올라갔다가 다시 12층으로 내려왔다. 저녁 여덟 시가 조금 넘어있었다. 몇 가지 일을 더 처리하고 늦은 밤이 되었다.

몸과 마음이 함께 고단하다. 거실에 놓인 다탁에서 뜨거운 메밀차를 마셨다놓았다 하며 창밖을 내다본다. 자동차헤드라이트들이 길고 긴 빛의 줄기를 만들고 있다. 가로등불빛들은 강물에 주황빛으로 누워 있고, '멋진 나라 대한민국' '하이마트' 옥상간판 글씨들이 선명하다. '7천9백만 원' 뜻이 모호한 숫자도 커다랗게 보인다. 달도 별도 보이지 않는 그믐밤을 수많은 전등불빛이 대신 밝혀주고 있다. 밤은 그러므로 환하다.

　세찬 바람이 창에 부딪쳐 울어대는 밤, 문득 누군가가 미어지게 그리운 밤, 낮에 보았던 새들이 어디에서 잠자고 있는지 그 향방이 묘연한 밤, 밝아올 날에 맞닥뜨리게 될 일들이 두렵다. 그 절대고독 속에 임금과 내가 앉아있다. 그도 혼자고 나도 혼자다.
　"섣달그믐밤의 쓸쓸함, 그 까닭은 무엇인가" 제목을 쓴다. 첫 문장이 좀처럼 나오지 않는다. 4백 년 전의 임금이 나를 보고 있다. 지필묵대신 컴퓨터를 마주보고 있는 늙은 나를 젊은 군주가 낯설게 그러나 다정하게 바라보며 기다리고 있다. 혼자인 내가 혼자인 그에게 답한다.

　나랏일이 지난하고, 백성의 안위가 천근의 근심이며, 날로 드세지는 정쟁 때문에 권좌가 등불처럼 흔들리니 고뇌가 어찌 아니 깊겠습니까. 필경은 욕망에서 비롯되었을 고통과 불안이 당신을 짓누르고 있겠지요. 패배에 대한 두려움, 일련의 현상에 대한 부정否定적 심경이 당신을 괴롭히리라 여깁니다. 한 해를 보낸 안도와 휴식보다 맞아야할 시간 앞에 당신은 떨고 있습니다. 저녁에 집에 들면서 저는 일부러 계단을 올랐습니다. 몸은 어렵잖게 집에 이르렀으나 디뎌야 할 수많은 계단이 여전히 앞에 놓여있었습니다. 막막했다면 이해하시겠는지요.
　당신과 저는 4백 년의 시차를 두고 각각의 근심으로 밤을 지새우고 있습니다. 말씀드리건대, 한 인간의 근원적인 고독은 임금과 필부가 다르지 않다는 것입니다. 세계와 동떨어져서 홀로 앉아있는 밤, 고뇌는 철저히 혼자만의 것이 됩니다. 방도가 없습니다. 그러니 이겨내야 하고, 어떤 경우에도 희망의 끈을 놓지 않아야 합니다. 무엇보다 의연해야 합니다. 이런 말들이 당신에게 위안이 되고 힘이 되었으면 합니다. 임금이시여, 미치지 못하는 변설로 덧붙입니다. 당신의 하늘은 달빛이 없어서 캄캄하고, 저의 하늘은 전등불빛으로 대낮같이 밝습니다. 너무 캄캄한 밤도, 지나치게 밝은 밤도 인간을 몹시 쓸쓸하게 만드는 것이지요. 그러니까 까닭도 탓도 오직 밤에게 있는 것입니다. 하물며 섣달그믐밤이겠습니까.

섣달그믐밤이 하도 길어서 오래전 이 밤에 몹시도 쓸쓸했을 젊은 임금과 그 하염없음을 나누려하였다. 임금은 그러나 홀연 사라지고, 휘청거리며 살아온 내 모습만 불빛아래 또렷이 드러난다.

(2010. 문장)

겨울설화
— 시와 수필의 만남

어느 가시덤불 쑥구렁에 놓일지라도

우리는 늘 옥돌같이 호젓이 묻혔다고 생각할 일이요,

청태라도 자욱이 끼일 일인 것이다.

— 서정주 시 「무등을 보며」 5연

그해 겨울 몹시도 추운 날 저물녘에 대구역 광장에서 점태
아저씨가 박 씨를 보았다고 했다. 점태아저씨 말이 박 씨가 상
거지 꼴을 하고 담배꽁초를 줍더니 불을 빌려달라고 하더란
다. 그래 두 사람이 마주보았는데 누군지 알아보자 이내 비칠
비칠 내빼더란 것이다. "아지매 있는교?" 저녁마실 나온 사람
처럼 우리 집에 들어선 점태아저씨가 전하는 말에 할머니는
무거운 한숨을 내쉬셨고, 할아버지는 말없이 긴 담뱃대를 놋
쇠재떨이에 대고 '땅! 땅!' 두드리셨다. 정자언니가 폐병으로

죽은 지 서너 해쯤 지났을 무렵의 일이다.

6·25전쟁 중에 가족을 잃고 고아가 되었을 때 정자언니는 열두 살이었다. 대구피난시절 비산동 길거리에서 할머니의 눈에 띄어 우리 집으로 와서 시집갈 때까지 부엌일을 거들었다. 어느 해 봄 일손 한창 바쁠 때, 왼쪽 눈이 의안이었지만 희멀쑥하게 인물은 좋은 박 씨가 머슴으로 들어왔다. 보리타작으로 봄이 다 가고 한여름 모심기 김매기를 거쳐 가을추수를 하면서 정자언니는 박 씨와 사랑에 빠졌다.

사랑이 본시 눈멀고 귀가 먼 것이며 물불 안 가리는 것이 아니겠는가. 박 씨 하는 양이 어리석기 짝이 없고 용해빠져서 평생 빌어먹을 것이란 으름장에도 불구하고 언니는 동짓날에 박 씨와 초례를 지냈다. 계집자식 입에 풀칠하기 힘들 게 불 보듯 뻔했지만 이듬해 봄에 어른들은 정자언니부부를 먼 마을로 떠나보내야 했다.

청산이 그 무릎 아래 지란을 기르듯

우리는 우리 새끼들을 기를 수밖에 없다.

— 서정주 시 「무등을 보며」 2연

소식은 비둘기 발에 묶인 서신도 아니면서 산을 넘고 내를 건너서 잘도 날아들어 왔다. '무태'란 동네가 어디쯤인지 모르지만, 그 동네의 부잣집에서 박 씨는 머슴살이를 하고 정자언니는 식모살이를 하면서 세 살배기 딸 하나를 키우더란 것이다. 그 아이는 잘 생긴 제 아비는 닮지 않고 하필 박색인 어미를 빼닮았더란 그리 긴요하지 않은 말도 따라 들렸다.

목숨이 가다가다 농울쳐 위어드는

오후의 때가 오거든,

내외들이여 그대들도

더러는 앉고

더러는 차라리 그 곁에 누워라.

지어미는 지애비를 물끄러미 우러러보고

지애비는 지어미의 이마라도 짚어라.

— 서정주 시 「무등을 보며」 3, 4연

　인심 좋은 그 주인이 몰락하여 박 씨는 또 내 건너 산 너머로 제 여자와 딸아이를 데리고 머슴살이를 떠났다. 찢어지는 가난 속에서 온갖 고초를 겪으면서도 지아비는 지어미를 다독였고 지어미는 지아비를 의지하며 죽도록 일을 했다. 세상에는 마음이 바늘귀처럼 좁고 심술궂기가 놀부 뺨을 칠 위인도 있는 것이어서, 바보 박 씨가 실수로 불을 내어 헛간이 타버리자 새경도 주지 않고 엄동설한에 세 식구를 쫓아냈단다.

낮이 없었지만 방도方途 또한 없어서 그 세 식구 다시 우리 집으로 기어들어왔다. 그 사이 정자언니는 폐병이 들어서 굵은 팔뚝이며 드럼통 같던 허리통은 간곳없고 퀭한 눈자위에는 짙은 그늘이 드리워져 있었다. 눈에 띄게 축이 난 몸에 헐렁한 옷을 걸쳐 몰골이 말이 아닌 박 씨는 기가 죽을 대로 죽어서 연신 고개를 주억거렸다.

도립병원을 오가던 정자언니는 그토록 사랑했던 지아비의 품에서 평생 걸친 남루를 벗어보지 못한 채 말 그대로 남루한 생을 마쳤다. 박 씨는 아이를 데리고 또 정처 없이 떠났다. 타고난 천성이 도무지 야물지가 못하여 어른들이 한사코 말렸으나 무슨 독한 마음이 그제야 생겼는지 뜻을 굽히지 않았다. "등신 같은 인사가 무슨 황소고집인지." 속이 상한 할머니가 두고두고 하신 말씀이다.

가난이야 한낱 남루에 지나지 않는다.

저 눈부신 햇빛 속에 갈매빛의 등성이를 드러내고 서 있는

여름 산 같은

우리들의 타고난 마음씨까지야 다 가릴 수 있으랴.

― 서정주 시 「무등을 보며」 1연

"…갈매빛의 등성이를 드러내고 서 있는/ 여름 산…"의 무성함과 듬직함이 어떤 것인지, 시詩는 또 무엇인지 듣지도 배

우지도 못했지만 정자언니와 박 씨의 삶은 의연하였으리. 가난이 대문을 열고 들어와도 사랑은 문틈으로조차 새나가지 않았으리. 그리하여 진정 등 따습고 배불렀으리니……. 아주, 아주 가끔 정자언니가 아득한 날의 설화 속 여인처럼 생각나는 것이다.

※ 「무등을 보며」 : 6·25의 상처와 가난을 배경으로 쓴 시

(2008. 수필시대)

자정

깊은 밤에 혼자 깨어있기를 좋아한다. 가족이 다 잠든 적요한 시간에 홀로 있음이 좋아서이다. 홀로 있으면 쓸쓸하지만 동시에 한없이 충만하다. 시간과 공간을 오롯이 혼자 차지하고 있다는 넉넉함이 있기 때문이다.

모파상의 『여자의 일생』을 읽다가 접어두고 이 글을 시작한다. '삶이란 생각만큼 좋지도 나쁘지도 않다.' 오래 전에 읽은 이 소설에서 유일하게 기억하고 있는 문장이다. 동감이다. 한 사람의 개인사를 되돌아보면 그다지 평탄하지도 몹시 신산하지도 않았다는 생각을 하게 마련이다. 좋지도 나쁘지도 않다는 말은 위안이 되었다. 그 한 문장 때문에 무척 좋아했던 소설을 다시 읽다가 시계를 보니 밤 11시 25분이다.

자정을 제목으로 하는 글을 자정에 쓰리라는 생각을 오래 전부터 해왔다. 나는 거의 언제나 자정에 깨어있다. 밤 11시 전후에 잠자리에 누워서 한 시간 남짓 책을 읽다가 독서 등을 끄곤 한다. 또 밤에 글을 쓰다보면 자정을 넘기기 일쑤다. 글을 쓰다가 자정이 되면 불현듯 쓰던 글을 그만두고 '자정' 으로 글을 쓰고 싶은 욕구가 생기곤 하는 것이다.

자정은 찰나이다. 오늘과 내일 또는 어제와 오늘의 경계이며 통합인 시각이다. 방금 자정이 지났다. 초침은 일초도 머물지 않는다. 이 시간에 무엇을 하는지 위층에서 찌~익 찌~익, 소파나 식탁을 옮길 때 날 것 같은 무겁고 둔탁한 마찰음이 들린다. 그 소리는 내가 살아있고 누군가와 함께 숨 쉬고 있다는 강한 유대감을 줄 뿐 나만의 시간을 방해하지는 않는다.

왼쪽 옆에 앉아있는 탁상시계가 째깍째깍 소리를 낸다. 자정도 그렇게 '째깍' 하고 넘어서버렸지. 뭔가 서운한 느낌이다. 어제와 오늘의 경계이며 통합인 이 중요한 시간은 좀 더 확실하게 일깨워줘야 격에 맞다. 어떻게? 괘종시계를 사서 걸어 놓을까. 문득 옛날 우리 집 마루에 걸려있던 낡은 벽시계가 생각난다. 문자판 가운데쯤에 두 개의 태엽 감는 구멍이 있었던, 길게 늘어진 추가 느릿느릿 흔들리던 그 벽시계는 밤 열두 시면 댕~댕~ 열두 번을 쳤었는데……. 댕~댕~ 열두 번이라, 생각은 갑자기 벽시계에서 귀신으로 급물살을 탄다.

육남매가 한 이불에 발을 묻고 잠을 자던 밤마다 누군가 기어코 귀신이야기를 꺼내고야 말았다. 귀신은 밤 열두 시에 나타나서 새벽닭이 울면 사라진다. 모든 귀신의 출몰시간은 같았다. 밤 열두 시에 깨어 있다가 눈을 뜨면 천장에 무진장하게 커다란 '눈깔' 하나가 껌벅이는데 그때마다 피가 뚝뚝 떨어진다는 것이었다. 밤중에 뒷간에 가면 뻘건 손이 밑에서 올라와서 뒤를 쓰윽~ 닦아준다고도 했다. 그런 류의 토막이야기들이 밑도 끝도 없이 되풀이되었다.

꼬맹이인 나는 오는 잠을 주체하지 못해서 대개 초저녁에 잠이 들곤 했지만 문제는 마루에 걸린 오래된 시계였다. 댕~ 댕~ 울리기 시작하면 그 소리가 잠결에도 엄청나게 크게 들리는 것이었다. 시계소리 때문에 잠이 깨면 가슴이 쿵쾅거렸다. 눈을 꼭 감았다. 천장을 보지 않기 위해서였다. 귀신은 또 다른 귀신을 불러와서 뒷간 귀신이 생각나고 급기야 배가 아프기 시작하였다. 참고 참다가 언니에게 쥐어 박히며 마루를 내려서서 우물가를 지나고 돼지우리를 지나서 헛간 뒤에 붙은 뒷간에 이르면 참았던 울음이 터지고 만다. 자정, 그것은 어린 나에게 캄캄하고 무서운 시간이었다.

그런 꼬맹이가 세상을 참 많이 돌아다니며 살아서 나이 들고 생각 많은 어른이 되어서 한밤중에 홀로앉아 글을 쓴다. 이성理性의 눈을 말갛게 뜨고 감성을 다스리면서 자정의 의미를 생각한다. 조금 전에 어제를 보내고 자정을 밟으며 오늘로 건너왔다. 이 적요한 밤에 방금 보낸 어제를 생각한다. 어제, 근심이 있었다. 슬픔의 찌꺼기가 목구멍에 걸려있었고 제어하기 힘든 분노도 있었다.

그것이 없어지지 않고 넘어왔으므로 '있었던' 것은 '있다'로 치환된다. 어제는 분명 과거이건만 실상 과거완료는 아닌 것이다. 하여 사소하거나 몹시 심각한 고뇌들은 이 시간 고스란히 현재진행형이다. 그 모든 것들을 되돌아보고 또 들여다본다. 근심과 슬픔은 다스려서 엷게 펴고 분노와 앙금은 걸러내서 무게를 줄인다. 그게 온전하지 않아서 이미 셀 수도 없이 거듭하였고 또 거듭하게 되겠지만……. 자정이란 여과장치를 통해서 또 하나의 어제를 보낸다. 그래서 오늘을 조금, 아주 조금 다르게 시작하려한다. 그런 마음이 들게 하는, 그렇듯 나의 심연이 또렷이 보이는 자정을 에워싼 이 시간이 참 좋다.

아, 그러나 나의 참마음은 벽시계가 열두 번을 치면 어쩌나, 그때 또 배가 아프면 어쩌나 하고 조바심을 하던 옛날 그 밤 그 자정이 더 좋다.

(2009. 한국수필)

시 그리고 윤정희

햇살이 부서지는 강변에서 소년들이 뛰어놀고 있었다. 평화였다. 하지만 카메라는 이내 검은 강물을 비추었다. 한낮의 강물이 시커멓게 주름진 물무늬로 클로즈업되었을 때 불길한 예감이 들었다. 문득 눈을 든 소년의 눈에 떠내려 오는 여자의 시체가 보인다. 그게 무엇인지 소년은 미처 인지하지 못한다. 숨이 멎을 것 같은 찰나, 화면 속 소년과 관객은 동시에 사태를 파악한다. 평화가 와장창 깨진다.

영화 〈시〉는 그렇게 시작된다. 그러한 정황과 전혀 따로 놓여있는 듯, 미자가 문화센터 시창작교실을 기웃거리는 것으로 영화는 다른 각도에서 다시 열린다. 미자는 예순여섯 살이고 고등학생인 손자와 살고 있으며 알츠하이머 초기증상을 갖고 있다. 낡고 비좁은 집에서 누추하게 살면서도 예쁜 모자와 세련된 옷차림으로 모양도 내는 찌들지 않은 순진함을 드러낸다. 시창작교실에 마감이 지나서 등록하고 강의시간에도 지각을 하며, 뜬금없는 질문을 해서 맥락을 끊는가하면 혼자 중얼거리기도 한다. 목소리도 들뜬 듯 톤이 높고, 속없이 웃기도 잘한다. 전혀 심각하지가 않다.

이런 미자와 영화가 시작되면서 보여준 그 끔직한 장면을 대체 어떻게 연결 지을 수 있겠는가. 그것은 그러나 어느 날 불쑥 미자 앞에 나타난다. 미자의 손자와 그의 친구들이 여학생에게 집단성폭행을 범했다. 영문도 모르고 따라간 가해자 부모들의 모임에서 미자는 그 경악할 내용을 도무지 알아듣는 것 같지가 않다. 아버지들이 앉은 방에서 빠져나와 화단의 맨드라미를 고뇌 없는 얼굴로 들여다보다가 맨드라미꽃이 피같이 붉다고, 꽃말이 방패라고 말한다. 피와 방패, 폭력과 그것으로부터 자신을 지키려는 인간본능의 은유려니.

감당할 수 없는 사태 앞에서 아무 것도 입력되지 않은 것 같은 미자의 표정이 압권이다. 그런 채로 시를 쓰겠다고 여기저기를 다니며 생각나는 대로 긁적이는 미자를 윤정희는 그 어떤 절규나 울음보다 더 절절하게 연기한다. 수필적으로 표현하면 윤정희는 내포화자인 미자를 온몸으로 말한다. 완전한 육화肉化다.

피해자의 어머니를 만나러 가서 살구가 이렇고 저렇다 한다. 그렇듯 일상적인 말 몇 마디와 실없는 웃음만 보여주고 정작 해야 할 말은 잊은 것 같던 미자가 소나기를 두들겨 맞으며 하염없이 앉아있다. 시창작교실에서 만난, 음담패설을 해대서 '저질'이라고 경멸했던 형사 앞에서 미자는 처음으로 소리 내어 운다. 자기에게 할당된 여학생의 목숨 값(?) 오백만원을 마련하기 위해 병든 노인과 욕조에서 섹스를 하는 미자의 얼굴이 하도 덤덤해서 관객이 오히려 처참하다.

자신이 저지른 일에 대해 전혀 무심한 손자와 아들의 죄를 단지 돈으로 갚고 덮어버리려는 뻔뻔한 아버지들 사이에서 별다른 저항이 없어보이던 미자는 마침내 시「아녜스의 노래」를 완성한다. 미자는 죽은 여학생이 걸었을 길을 걷고, 몸을 던졌던 다리 위에 서서 강물을 내려다본다. 그러다가 모자를 떨어뜨린다. 모자는 미자다. 영화의 마지막은 이렇다. 여학생과 미자가 걸었던 길을 카메라만 간다. 카메라가 검푸른 강물을 비출 때 거기에 미자가 없다. 관객이 가슴을 쓸어내리는 순간이다.

문학을 생각한다. 수필을 궁구한다. 이창동 감독은 소설가다. 장면과 대사에 군더더기가 거의 없다. 메시지는 행간에 숨겼다. 하여 고도의 함축미를 보여주고 있다. 영화의 시작과 끝에 카메라가 비춘 검은 강물, 또 영화의 앞뒤 부분에 마치 아무 일도 일어나지 않았다는 듯이 배치한 배드민턴 치는 장면은 내용과 형식 두 가지 측면에서 수미상관이다. 맨드라미꽃·배드민턴·모자 등의 소재들, 전체를 관통하는 사건, 시詩 같은 제재들이 모두 상징성을 띠고 있다. 밀도 높고 탄탄하다.

감독과 배우는 절제를 최대치로 끌어올렸다. 고뇌는 깊고 처절하였으나 쉬이 내비치지 않는다. 여학생의 아픔과 죽음, 그 비통함을 다 뱉어버리고는 결코「아녜스의 노래」란 시가 나올 수 없는 게다.

폭력에 무감각한 인간을 준엄하게 꾸짖는 영화 「시」, 그럼
에도 불구하고 인간의 숭고를 전율이 일도록 보여준 영화 「시
」, 거기에 배우 윤정희가 있다. 수백 번 내 글의 화자가 되었던
나는 무얼 말했던가, 얼마나 헐거웠던가. 「시」 그리고 윤정희
를 잊을 수 없을 것 같다.

그곳은 어떤가요 얼마나 적막하나요/ 저녁이면 여전히 노을이 지고/
숲으로 가는 새들의 노래소리 들리나요/ 차마 부치지 못한 편지 당신이
받아볼 수 있나요/하지 못한 고백 전할 수 있나요/ 시간은 흐르고 장미
는 시들까요

나는 당신을 축복합니다/ 검은 강물을 건너기전에 내 영혼의 마지막
숨을 다해/ 나는 꿈꾸기 시작합니다/ 어느 햇빛 맑은 아침 깨어나 부신
눈으로/ 머리맡에 선 당신을 만날 수 있기를

　　― 「아녜스(Agnes)의 노래」 1, 4연

(2011. 좋은 수필)

그와 나의 오후 네 시

누군가 벽 쪽으로 몸을 돌려주면 등도 시원하고 머리도 맑아져 상쾌함을 느낀다. 벽을 향해 몸을 돌리는 이 시간이 나에게는 산길을 걷는 산책과도 같으며 마음을 어루만지고, 정신을 고요하게 가라앉히게 한다. 하루 가운데 마음의 문을 열고 나 자신을 돌아볼 수 있는 소중한 시간이다.

그가 쓴 「오후 네 시」란 제목의 산문에서 발췌했다. 볼 수 있는 두 눈과 들을 수 있는 두 귀와 느낄 수 있는 가슴이 남아 있음에 감사하는 그는 전신마비장애인이다. 그는 오후 네 시를 그렇게 서술하고 있다. 오후 네 시가 되면 봉사자가 와서 그의 몸을 벽 쪽으로 돌려주고 베개로 고아준다는 것이다.

다섯 명의 중증장애인이 쓴 시와 산문들로 작품집을 만드는데, 어찌 연이 닿아서 교정을 보고 편집을 하게 되었다. 환자용 침대에 반듯이 누워서 스틱을 입에 물고 아치형으로 장치된 컴퓨터 자판을 자음 한 개, 모음 한 개 더디게 눌렀다. 썼다기보다 공들여 축조한 아름다운 구조물 같다고 해야 맞을 것 같다. 그는 스무 편의 시와 스무 편의 산문을 썼다. 특히 산문은 길게 썼다. 그 인내가 경이로웠다.

그런 그의 오후 네 시다. 누군가가 와서 자세를 바꿔주지 않으면 욕창이 생긴다. 한기가 들어서 이불을 좀 깊게 덮어달라고 했다가, 나중에 땀에 흠뻑 젖었는데 이불을 내리지 못해서 밤새 숨이 막혔다고 했다. 그런 그가 소중한 시간이라고 한 오후 네 시, 등이 시원하고, 머리가 맑아지고 상쾌하다는 그 시간, 산책을 하는 것 같은 시간이며, 자신을 돌아보는 시간이라는 그 「오후 네 시」를 제목으로 나도 몇 해 전에 수필을 썼었다. 그토록 소중한 그의 시간을 나는 대체 어떻게 서술했나.

점심시간에 문화예술회관을 숨차게 다녀왔다. 지인의 전시회가 있어서다. 그래서 석간신문을 읽는 시간이 늦어졌다. 석간신문에는 충남 서산에 '부석사'란 절이 있다고 소개했고 나는 영주의 부석사를 좋아하는데 서산에 있다는 그 절에도 가보고 싶다고 썼다. 그 시각이 오후 네 시인 게다. 일과 책읽기와 사람사이를 오가며 조금은 지치고 무게가 느껴진다고 적었다. 하루의 3분의 2가 지나가버렸다. 어스름이 남아있고, 깊고 깊은 밤이 남아있다. 그 다음은 뻔하다. 내 인생의 시점도 오후 네 시가 된 것이며, 내게 평화로운 어스름이 좀 길게 남아있으면 좋겠고, 더하여 밤이 깊고 깊어서 잠을 잘 때 이불이 포근했으면 좋겠다는, 남은 시간에 대한 염원을 기술한 뭐 그런 내용이다.

또 하나, 지난 해 봄부터 '오후 네 시' 란 폴더를 만들어서 그 속에다 오후 네 시의 심상을 쓰고 있다. 시간은 간단없이 흐르는 것이므로 내 인생도 마냥 오후 네 시에 머물 수는 없을 터였다. 하여 더 늦지 않을 때, 아직 어스름이 많이 남아있을 때, 내 심상을 기록해 두고 싶었다. 다소 피로하고 무게감이 얹히는 그 시간을 택해서 일기를 쓰는 것이다. 물론 정확히 지켜지는 건 아니다. 일을 하고 있거나, 비어있다 해도 그럴 마음이 아닐 수도 있는 것이니까. 이를테면 그 어름이란 뜻이다. 그렇듯 오후 네 시는 내게 나름대로 각별한 시간이다. 그토록 내가 의미를 부여하고 있는 그 시간을 제목으로 쓴 글이 눈에 확 들어오는 건 당연하다.

다섯 남자의 작품들을 읽으며 대체 왜 교정이란 걸 하고 있나. 맞춤법이, 문학적 완성도가 무슨 소용이랴. 언제 내가 이처럼 절절한 글을 쓴 적이나 있었던가, 따위의 생각을 했다. 누군가가 와서 몸을 돌려주는 그 시간의 그를 짐작이나 할 수 있는가. 그의 시간 앞에서 내 시간은 무색했다.

나의 오후 네 시는 정말이지 물색없는 감상에 지나지 않을지도 모른다. 더 이상 일기를 쓸 수 없을 것 같아서 그만두었으나 해가 바뀌면서 다시 써야겠다는 마음이 생겼다. 생각해보면 누구나 제 자리에서 나름대로의 고통을 끌어안은 채 살아가고 있으며, 결코 녹록치 않은 삶의 피륙을 자신만의 무늬로 힘겹게 직조하는 것이다. 모두에게 주어진 모든 시간은 그러므로 매우 가치 있는 것이다.

그러니까 온종일, 아니 일생을 누워서 지내야하는 그의 오후 네 시와 나의 그 시간이 닮은 데가 전혀 없는 것이 아니다. 그가 말했다, 자신을 돌아보는 시간이라고. 죄를 지을 기회조차 박탈당한 것 같은 그가, 기도와 성경공부 그리고 성경필사로 하루를 보내는 무구한 그가, 자신을 돌아보며 성찰을 한다. 내 어찌 지난날의 오류를 돌아보는 뼈저린 성찰의 시간을 갖지 않았으랴. 남아있을 어스름을, 깊은 밤을 준비하지 않을 수 있으랴.

오후 네 시 어름에 나는 일기를 쓰며 지금 그의 등이 시원하겠구나, 그의 마음이 산책을 하는구나, 생각한다. 그와 나의 오후 네 시는 그래서 행복하며 동시에 절절하다.

(2011. 창작수필)

| 2부 |

두통 때문에

조르바를 흉내내보고 싶다.
열정적으로 춤추는 나를 또 다른 내가
흔연히 바라볼 것이다.
내 안에 조르바와 카잔차키스가 혼재한다.
하지만 그들처럼 내가
무게를 털어낼 수 있을 것 같지는 않다.

섬

장 그르니에가 말한 비밀스러운 삶, 조용한 삶을 나도 살고 싶다. 데카르트는 도시의 한복판에서 문명의 편리함을 충분히 누리며, 사람들 속에 섞여 떠들어대면서도 비밀스럽게 살았다고 한다. 장 그르니에는 또 자신이 어디에 있든 그곳이 곧 '섬'이라고도 했다. 어제와 오늘이 다를 것 없는 단순한 생활, 그 생활을 거리낌 없이 공개함으로써 오히려 정신만은 고요히 지켜내는 그런 삶을 살 수 있다는 것이다. 그게 어찌 가능하다는 건가.

보얗게 흐린 창밖을 내다보다가 우산을 찾아들었다. 시장에 갈 생각이다. 다리를 건너면 시장이다. 다리 중간쯤에 서서 강물을 내려다본다. 물이 깨끗하다. 시장부근이라 더러울 때가 많은데 오늘은 맑게 흐른다. 우산을 접고 비를 맞는다. 보슬비를 맞는 것이 이렇게 기분이 좋을 줄 몰랐다. 정수리에, 블라우스에, 얼굴에 비가 닿는다. 비가 내 속으로 스며든다. 시원하다. 사람들의 눈치를 보고 싶지 않다. 비를 맞거나말거나, 머리에 꽃을 꽂든가말든가 무슨 상관이랴. 그런 생각을 하다가 이건 또 무슨 배짱인가 싶어서 혼자 웃는다.

아주머니들이, 아저씨들이, 할머니들이 과일을, 그릇을, 옷가지를, 생선을 팔고 있다. 상점과 상점 사이를 천천히 걷는다. 대개는 말끔하게 정돈되어 있지만 지저분하고 퀴퀴한 냄새가 나는 후미진 곳도 있다. 빗줄기가 굵어지면서 발밑이 질퍽하다. 얇은 운동화에 빗물이 스며든다. 이 또한 기분이 좋다. 사람들이 살고 있다. 그들의 삶, 그 이면까지 가늠할 순 없지만 그들에게서 건강하고 치열한 생활인의 모습을 본다.

"손질해서 주실래요?"

"아, 예~." 시원스레 대답하며 아주머니는 고등어를 도마 위에 내려치듯이 놓고는 머리를 탁 친다. 시퍼런 비닐 앞치마에 핏물이 튄다. 잘리자마자 고무함지박 속으로 미끄러져 들어가는 고등어대가리와 도마 위에 널브러진 내용물들, 그게 뭐 어떻다는 것인가. 검정비닐봉지에 고등어 두 마리를 담아서 내게 건네고 지폐를 받아 앞주머니에 밀어 넣고 거스름돈을 내주기까지 그녀의 동작은 거침이 없다.

배가 고프다. 투명비닐로 칸을 지른 간이식당에서 밀수제비를 시켜놓고 앉아 있다. 탁자가 두 개, 동그랗고 빨간 플라스틱의자가 몇 개 놓여있다. 맞은편에서 먼저 온 남자가 칼국수를 먹고 있다. 발치에 놓은 고등어봉지에서 새어나오는 비린내가 좀 미안하지만 시치미를 뗀다. 빗질이 안 된 반백의 머리칼에 주름살이 깊게 팬 검붉은 얼굴의 남자, 그의 거친 입술이 부드러운 국수를 후루룩후루룩 빨아 당긴다. 국수그릇과 깍두기종지 사이를 그의 젓가락이 규칙적으로 오갈 때, 색 바랜 줄무늬 티셔츠 위에 걸친 빨간 조끼의 주머니들도 좌우상하로 움직인다.

수제비가 나와서 나도 먹기 시작한다. 그와 내가 겸상처럼 마주 앉아 늦은 점심을 먹는다. 남자와 나에게 오찬을 마련해준 아주머니는 허리에 손을 얹은 채 멍하니 밖을 내다본다. 익명의 세 사람이 투명한 실내에서 각자의 시간을 보내고 있다. 안과 밖이 서로 훤히 보인다. 그게 조금도 불편하지가 않다.

고등어봉지를 들고 식당을 나서면서 나는 장 그르니에를, 데카르트를 생각한다. 그들이 고요한 생활을 향유한 것은 도심 속에서도 익명성을 확보했기 때문일까. 아니면, 타인들에게 자신의 존재를 완전히 드러내고 떠들어대서 어떤 호기심도 일어나지 않도록 선수를 쳤기 때문일까. 둘 다일 게다. 나는 어떤가. 결론부터 말하자면 '안 된다'이다.

일터에서 대부분의 시간을 보내며 살고 있다. 사람들이 들고난다. 그들에게 나는 애정을 느낀다. 진심이다. 천직이라 여기며 30년을 보냈다. 이 생활은 어쩌면 데카르트가 누린 비밀스러운 삶에 비견할 수 있을지도 모르겠다. 일상적이고, 공개된 생활이란 측면에서 그렇다. 게다가 그들은 이미 내 생활의 일부가 되어있다. 그들이 내 정신세계를 비집고 들어와서 나를 지배하거나 괴롭힐 까닭이 없지 않은가.

그럼에도 불구하고 나는 단순하고 조용한 생활을 이어가는 데 실패했다. 마음은 늘 소란스럽고 정신은 맑지 않다. 조용히 살고 싶은데 그게 도무지 되지가 않는다. 비밀스럽게 살고 싶은데 그게 안 된다.

대체 왜? 나는 너무 많은 일들에 에워싸여 있다. 가야할 곳이 많고, 만나야할 사람들이 많고, 해야 할 일이 많으며 가져야 할 것이 많다. 많고도 많은 그것들이 근심을 낳고 낳아서 나를 시끄럽게 한다. 무엇보다 난감한 것은 그 많은 것들을 내가 조금도 줄이지 못하고 있다는 것이다. 하여 장 그르니에의 차원을 달리하는 '섬'이 아니라 설령 무인도에 간다 해도 나는 결코 단순하고 조용하게 살아갈 수 없으리란 생각이 든다. 어찌하랴.

(2010. 동리목월 창간호)

자유로운 영혼, 떠도는 영혼

모래톱에 맨발로 섰다. 바지아랫단을 접어 올렸다. 칠흑의 바다를 향해 가슴을 펴고 심호흡을 하였다. 칼바람이 폐부를 찢는 것 같았다. 그래, 해보자! 자못 결연한 마음이었다. 춤을 추자. 조르바처럼 춤을 춰보자. 무게를 털어내자. 신명을 내보자. 덩실덩실, 풀쩍풀쩍. "그렇지! 그렇게 하면 되는 거요. 당신은 바보가 아니군 그래." 조르바의 호쾌한 목소리가 들리는 것도 같았다.

한동안 니코스 카잔차키스와 조르바에게 경도되어 있었다. 그즈음의 어느 날, 바닷가에서 밤을 맞았다. 잠자리에 들었는데 바람이 연신 창문을 흔들며 나를 불러댔다. 어둠이 우스꽝스런 내 모습을 가려 줄 것이라 여기며 나섰건만, 겨울 밤바다의 냉기에 어설픈 몸짓은 금방 끝이 나고 말았다. 무게를 털어내는 일, 그 언저리에도 닿지 못했다.

『그리스인 조르바』의 핵심은 '메토이소노' 즉 '거룩하게 되기聖化’이다. 이 책을 처음 읽었을 때 나는 미처 ‘성화’를 읽어내지 못하고, 자유의 어렴풋한 개념만을 겨우 알아들었다. 자유, 무게를 털어낸 뒤의 자유, 생각만 해도 가슴이 뛰었다. 한 번 더 읽으며 ‘거룩하게 되기’를 보게 되었고, 그게 같은 말이란 걸 깨닫게 되었다. 참으로 아득하였다.

독일에 있던 작가에게 러시아로부터 조르바의 사망소식이 날아온다. ‘나는 과거를 현재로 재현시키고 조르바를 기억해내어 실체 그대로 소생시키면서 미친 듯이 써내려갔다.’ 그 미친 듯이 써내려간 것이 소설 『그리스인 조르바』이며, 카잔차키스가 크레타 섬에서 조르바와 함께 갈탄광 사업을 하며 보낸 몇 개월간의 이야기가 그 내용이다. 그러니까 조르바는 실존인물이며 작가자신이 화자인 일인칭소설이다. 자유로운 영혼 조르바와 떠도는 영혼 카잔차키스를 동시에 만나면서 나는 유쾌한 시간을 보냈다. 카잔차키스의 마음으로 조르바를 경외하고, 건달 조르바의 가슴으로 별수 없는 ‘먹물’인 카잔차키스를 사랑하며 내적인 열락을 맛보았다.

카잔차키스는 다른 양식의 삶을 시작하려고 크레타 섬으로 향하는 배를 탄다. 문고판 단테를 읽고 있는데 ‘두 개의 눈동자가 내 정수리를 꿰뚫고 있는 것 같은 느낌’에 고개를 드니 거기 조르바가 있었다. ‘나’와 조르바가 처음 만나는 장면이다.

키가 크고 몸이 가는 60대 노인, 불길같이 섬뜩한 강렬한 시선, 움푹 들어간 뺨, 튀어나온 광대뼈, 잿빛고수머리, 살아있는 가슴, 푸짐한 언어를 쏟아내는 입, 위대한 야성의 영혼,

모태인 대지에서 탯줄이 떨어지지 않은 사나이 등등으로 조르바를 묘사하였는데, 마치 살아있는 조르바를 마주보고 있는 것 같았다. 아버지의 영혼이 화평하시기를~, 하느님이 그 영감의 무덤을 돌보아 주시기를~ 같은 괄호 안 문장들은 무슨 후렴구나 추임새처럼 리듬감이 있었다. 금욕주의자인 '나'와 욕망의 불덩어리 조르바의 대화, 심심찮게 끼어드는 유머와 페이소스가 나를 묶어버렸다. 한 문장도 버릴 수 없었다. 언어의 향연, 문학적 희열을 만끽한 것이다.

전혀 다른 두 유형의 인간이 서로 깊이 교감한다. 이는 전체를 관통하는 주제와 맥을 같이 한다. '보이는 것과 보이지 않는 것, 육체와 영혼, 물질과 정신 같은 상반된 개념의 임계상태'를 넘어서야 자유(해탈)를 얻을 수 있고 거룩하게 될 수 있다. 조르바는 크레타혁명에 참가해서 온갖 만행을 저지른 후에 찾아온 이른바 자유란 것에 지독한 회의를 느낀다. 거기서 자유의 참의미와 인간에 대한 연민을 체득하게 된다. 그는 사람은 물론 동물이나 사물에게도 영혼이 있다고 생각한다. 하여 존재하는 모든 대상 특히 여자를 불쌍히 여기고 사랑한다. 그게 상스러운 조르바의 성스러움이다.

또 한 남자 카잔차키스, 원고나부랭이와 잉크로 더럽혀진 종이에 '인생을 내박쳐' 두고 있는 '나'는 갈데없는 책벌레다. 조르바가 갱도를 파 들어가는 동안 카잔차키스는 '나 역시 나의 갱도를 파 들어갔다. 나는 하루 종일 썼다.'고 서술한다. ('하루 종일 썼다'에 나는 매료당했다.) 그는 그리스도교적신앙과

불교적세계관을 가지고 있다. 신성모독이라 해도 좋을 내용과 표현이 없지 않지만, 또한 여러 대목에서 하느님의 자비를 드러내고 있다. 그는 또 부처에 심취하여 불경을 베껴 쓰기도 하는데, 최후의 인간은 부처라는 깨달음에 이르게 된다.

'하느님과 회사의 이익, 과부가 머릿속에 아무런 모순 없이' 섞여있는 조르바와 부처를 지향하는 카잔차키스의 아름다운 동거는 갈탄광 사업이 실패로 돌아가면서 이별을 맞게 된다. 그날 밤 해변에서 조르바는 절정에 이른 춤을 춘다. 카잔차키스는 그 춤을 '무게를 극복하려는 인간의 처절한 노력'으로 인식한다. 그 시간 카잔차키스도 마침내 무게를 털어내게 된다. 무게를 털어내는 일, 그것이 자유이고 성화聖化인 것이다.

언젠가 어느 해변에서 십여 년 전 그 밤처럼 조르바를 흉내 내보고 싶다. 열정적으로 춤추는 나를 또 다른 내가 흔연히 바라볼 것이다. 내 안에 조르바와 카잔차키스가 혼재한다. 하지만 그들처럼 내가 무게를 털어낼 수 있을 것 같지는 않다.

(2010. 현대수필)

밥

압력밥솥 밸브가 돌아간다. 똑똑해빠진 밥솥이 말을 한다. "증기가 빠져나오니 주의하세요." 잠시 쉬었다가 다시 말한다. "맛있는 밥이 완성되었으니 밥을 저어주세요" 그래요, 잘 저어서 먹겠습니다. 먹고 사는 일이 고맙다. 삶의 무거운 등짐도, 온갖 근심도 궁극적으로는 밥을 향해 있다. 밥 덕분에 살고 밥 때문에 싸우고 밥을 못 먹어서 죽는다.

짧지 않은 세월을 살면서 죽음에 직면한 혈육과 친지들을 보아왔다. 대개는 질병 때문이다. 질병이 몸을 침범하고 악전 끝에 죽음에 이르게 된다. "곡기를 끊었다."란 말을 이따금 들었다. 곡기를 끊는 것, 그건 마지막에 임박했음을 알리는 것이다. 밥을 먹을 수 있다는 건 그러니까 복된 일이다. 그것은 살아있다는 것이고 살아있음은 그게 어떤 상황이든 감사한 일이다.

밥은 숭고하다. 입맛이 없어서, 속이 좀 상했다고 송구함 없이 밥을 밀어낸다. 세계의 저쪽에서 많은 사람들이, 또 여기 후미진 곳에서 이웃이 굶고 있음에도 무신경하게 잘 살아왔다. 수많은 밥상에서 먹다 남은 밥들이 음식쓰레기로 내박쳐진다. 불현듯 머리 위에 바로 불벼락이 떨어질지도 모른다는 생각이 든다. 하여 오만함은 저만치 사라지고 귀와 코가 겸손해져서 밥솥이 하는 말을 경청하고 밥되는 냄새에 몸과 혼이 열린다.

몇 번인가, 무료급식소에서 이른바 봉사란 걸 해보았다. 자발적이었다기보다 누군가의 제안에 몇몇이 동조했기에 나는 하는 수 없이 뭉그적거리며 따라나섰다. 아침부터 가서 양파 다듬고 감자 껍질 벗기고 대파를 썰고, 실로 엄청난 양의 쌀을 씻는 일에 투입되어서 각자의 몫을 재바르게 해야 했다. 정오가 되기 훨씬 전부터 긴 줄이 늘어섰다. 대개 어르신들이었다. 그 중에는 친구 따라 강남 온(자식들이 봤으면 야단이 났을) 말쑥하고 정정한 어르신도 계셨지만 남루를 걸친 초췌한 할아버지, 할머니들이 대부분이었다.

커다란 고무 함지박에 미리 퍼 놓은 밥을 식판에 담아드리는데 조그맣고 바짝 마르신 할머니가 자꾸 더 담으라고 하신다. 필시 남겨서 버려야 할 것 같아서 망설이는데 옆에 있던 붙박이 봉사자가 듬뿍 퍼서 담아드리며, 이 정도는 충분히 드신다고 말했다. "많이 퍼 드리세요. 다 잡수시니까." 시키는 대로 했다. 노인들과 눈을 맞추면서 "됐어요? 더 드릴까요?" 여쭈면 됐다, 좀 더, 대답이 돌아왔다. 어떻게 저걸 다 잡수실

까란 의문은 금방 풀렸다. 소화기관이 충분히 감당해낸다는 것이다. 위확장이나 위하수가 염려되는데 걱정 없단다. 그건 세 끼를 찾아먹는 사람들에게나 있는 일이고 이분들은 이걸로 하루 심지어는 이틀을 견딘다는 것이다. 소화기관이 그렇게 길들여져 있었던 게다.

어떤 어른은 쪽방 친구에게 갖다 줄 밥을 따로 챙기셨고, 인근 빵집에서 가져다 준 상품이 되기는 뭣하지만 먹기엔 전혀 지장이 없는 빵을 몇 개씩 가져가셨다. 밥 한 덩이로 하루를 나시는 분이 태반이라는 그 불편한 진실을 보고 한동안 마음이 묵직하였다. 한 덩이의 밥은 바로 목숨 줄이었다. 몇 차례 그런 시간을 가졌다고, 거기에서 봉사이상의 뭣을 배웠다고, 그러니 오히려 내가 고마워해야 할 일이라는 알량한 말을 하려는 게 아니다. 식욕은 인간이 가장 마지막까지 거머쥐고 놓지 못하는 진저리쳐지는 본능임을 말하려는 건 더욱 아니다.

대체 그 밥이란 것이 축복인가, 굴레인가. 아마도 둘 다일 터이다. 먹을 수 있는 즐거움은 축복이고, 아무리 어려운 상황에서도 몸이 그 밥을 열망하기에 굴종할 수밖에 없으니 굴레이기도 하다. 군량미가 떨어지면 전쟁에서 진다.

밥은 늘 그랬다. 때가 되면 먹는 것이었다. 몸에 밴 습관이었으며 때로는 몹시 성가시기도 하다. 어릴 때부터 먹을 때 깨작거린다고 어른들로부터 지청구를 자주 들었다. 지금도 밥 앞에 자주 심드렁하다. 밥에 내포된 절절함과 숭고함을 모르

고 살았다. 밥이야말로 전 생애를 걸어야할 필생의 명제이며
가장 높이 올려야 할 가치인 걸 이렇게 늦게야 깨닫는다.

　밥솥 뚜껑을 연다. 밥 냄새 구수하다. 유년의 우리 집 가마
솥에서 나던 밥 냄새에는 어림없지만 식욕이 생기기에는 충분
하다. 이제까지 먹었던 밥들, 남은 날 먹게 될 나의 밥에 깊이
고개 숙인다. 밥은 숭고하다. 밥은 절절하다. 밥은 절체절명의
명제다. 밥은 형이하학이며 동시에 형이상학이다. 이 문장들
을 의미로서가 아니라 몸과 혼으로 느끼며 달게 먹겠다.

(2013. 창작수필)

진주식당에서 밥을 먹고 싶다

다리를 건너면 시장이다. 난간도 없는 낮은 다리를 사람들이 연신 오고간다. 짐을 실은 오토바이가 사람들 사이를 위태롭게 지나간다. 줄지어 선 가로등들이 얕은 강바닥을 훤히 비춘다. 홀로 떠있는 상현달이 무색하다.

다리를 뒤로하고 시장으로 통하는 돌계단을 오른다. 구겨진 종이컵, 찢기고 뭉개진 새우깡봉지, 바나나껍질들로 계단은 지저분하다. '강변분식' 앞을 지나는데 왁자하고 걸쭉한 말소리가 열린 문밖으로 쏟아져 나온다. 주류일체, 안주일절을 조잡하게 써 붙인 허름한 점포다. 비 얼룩과 해묵은 먼지로 누렇게 변했지만 흰색으로 봐야할 바탕에 검정색 글씨로 '강변분식'이라고 정직하게 쓴 '정직한' 가게, '일체'와 '일절'이 서로 어색하지 않은 가게, 탁자라고는 달랑 두 개뿐인 가게를 슬쩍 들여다본다. 소주 몇 병을 사이에 두고 중년사내 둘이 큰소리로 떠들며 잔을 주거니 받거니 한다.

초저녁인데 셔터를 내린 점포들이 많다. 천막으로 씌우고 고무밧줄로 묶어놓은 물건들이 양쪽에 죽 늘어서있다. 물건들은 그렇게 제자리에서 까무룩 잠이 들고 주인들은 하루치의 먼지를 탁탁 털며 현관에 들어서고 있을 시각, 그 남자 그 여자들을 생각하며 나는 후미진 시장골목을 걷는다. 자잘한 푯말들이 많다. '경비구역 CCTV 24시간 작동' '목욕관리사 전문학원' '영남다방' 들이 빨간 글씨, 파란 글씨로 주렁주렁 매달려 있다.

대구참기름, 호야해물, 깐 마늘부대와 찢은 마늘봉지들을 쌓아놓은 신영농산물 등등을 지나니 비린내 질펀한 어물전이다. 그 한 구석에 쳐놓은 노끈빨랫줄에서 빨아 넌 목장갑들이 피대기오징어처럼 몸을 말리고 있다. 그리고 청과시장이다. 그렇지, 여기에 온 것이지. 시장통로들을 걸으며 온갖 곳에다 코를 들이대다 보니 무슨 일로 나온 것인지를 잊어버렸다. 귀가길 손님을 기다리는지 과일가게들은 눈을 빤히 뜨고 있다. 젊은 부부가 사과 여남은 개를 연두색 투명비닐에 담는다. "깎아주세요." 새댁이 배시시 웃는다. "깎아 잡수쇼." 에누리해 달라는 걸 모른 척 딴청으로 받아치는 가게 남자가 능청스럽다. 사과와 바나나의 태깔을 요모조모 살피며 서성거리는 내 옆에서 남자가 사과를 한입 베어 물고 우적우적 씹는다. 그 모습이 밉지가 않다.

사과, 바나나, 방울토마토를 담아들고 큰길로 나온다. 태평양약국, 백악관 나이트클럽, 그릇백화점들이 내보내는 불빛이

찬란하다. 자동차들이 연이어 지나다니고 행인들은 어디론가 바쁘게 걸어간다. 문득 시장기를 느낀다. 저녁밥을 먹지 않았구나. 뭘 좀 먹을까하고 둘러보니 건너편에 '진주식당' 새빨간 간판이 보인다. 진주식당이라? 잠시 망설이다가 길을 건넌다. 강은교 시인이 쓴 「진주식당에서」란 시가 생각나서이다.

지금 나의 옆 벽에는 네덜란드의 풍차가 있는 그림이/ 아니 사진이, 아니 그림이, 아니 사진이/ (나의 판단을 기다리고 있다) 그림 속의/ 아니 사진 속의 풍차는 지금 마악 돌아가려고/ 하고 있다. 풍차 곁의 헛간에는 (고동색이다)/ 노오란 햇빛이 내려 비치고 방금 머리를 감은/ 한 처녀가(보이진 않지만) 문을 연다./ 삐이걱 하는 소리가 햇빛에 가려 흐리게 들린다. 아니 보인다/ …지금 마악 된장찌개가 도착했다…

식당 벽에 붙은 그림인지 사진인지에서 풍차는 돌아가려하고 그림에는 보이지 않는 처녀가 방금 머리를 감고 나온다. 정지된 풍차는 돌아가고, 없는 처녀가 보이고, 소리는 들리는 게 아니라 보인다. 그게 시인의 눈이며 귀다. 풍차그림이 붙어있는 그 식당이 지금도 진주에 있을까. '진주식당'에서 밥을 먹으면 내 시각과 청각도 그 경계를 넘나들 수 있을까. 오, 이런! '30년 전통 원조 닭곱창 볶음'이란 큰 글씨가 비스듬히 붙어있다. 저걸 어떻게 먹는담!

돌아서서 걷는다. 다시 돌계단이다. 계단을 내려서서 강둑을 걷다가 되돌아본다. 시장 벽에 '방'들이 붙어있다. 국민체

조식당, 결혼중매박사, 별별 간판도 다 있다. 그 별별 간판들
이 내게 별별 이야기들을 늘어놓는다. 얼마나 고단하며 얼마
나 아픈지, 얼마나 치열하고 얼마나 절절한지, 그럼에도 또 얼
마나 행복하고 희망에 차 있는지를 주절주절 두런두런 이야기
한다. 사람들과 그들을 먹여 살리는 물건들이 다 귀하고 낡은
간판들이 예쁘다. 시장골목을 어슬렁거리는 기분이 꽤 괜찮
다. 시장에 오면 더 많이 보이고 더 크게 들린다. 내가 사람들
속에서 살고 있구나, 뜨거운 마음이 생긴다. 힘이 난다.

자전거들과 신발들 사이를 걸어서 집으로 간다. 배가 고프
다. 언제 한 번 진주식당에서 ‘닭곱창 볶음’을 먹어 보아야지.

(2011. 창작수필)

두통 때문에

내 두통의 역사는 길다. 어릴 때부터 오후에는 늘 미열이 있었다. "야가 와 이래 뜨겁노!" 그런 말을 심심찮게 들으며 자랐다. 고등학교 때, 엄마의 병실에서 밤을 새고 등교하는 날들이 많았다. 그런 날은 두통이 나를 삼킬 듯이 으르렁거렸다. 진통제를 많이 먹었다. '사루반'이라는 진통제가 있었는데, 두 알씩 하루에 네댓 번씩 먹어댔다.

그때 시작된 두통은 아이를 낳고 키울 때 빈혈과 겹쳐지면서 꼭짓점에 도달했다. 이마를 질끈 매고도 정수리와 턱을 친친 동여매야했다. 그렇게 횡으로 종으로 묶고 버둥거리다가 침대에 머리를 거꾸로 박은 채 날밤을 새우기도 했으니 밤은 길고도 길었다. 세월이 흐르면서 많이 누그러졌지만 아직도 두통은 나를 지배하고 있다. 두통이 일생을 점령한 것이다. 두통, 그게 뭐 그리 대단한 괴로움은 아니지만 그것이 나를 짓누르고 있다는 걸 통각신경이 계속 알려주고 있다는 게 문제다.

도무지 그것으로부터 자유로워질 수가 없다. 글을 쓰는 지금도 머리가 지끈거리고 눈썹 부위가 무겁고 눈이 뜨겁다.

이것은 고통인가. 물론 그렇다. 극심한가. 때로는 그렇다. 하지만 지금까지 잘 살고 있는 걸 보면 그게 그냥 놔두면 안 되는 중병은 아닌 게다. 그러니까 다른 질환(뇌종양이나 뇌출혈 등)에 의해서 이차적으로 파생되는 심각한 병증이 아니라 일반적으로 말하는 만성두통이라는 얘기다. 최첨단 의료기기로 정밀검사를 해도 가시적인 병소를 잡을 수 없는 단지 증상일 뿐이다. 보통 아침에 진통제 한 개를 먹는 것으로 종일을 버틴다. 진통제를 먹는다고 통증이 소실되는 건 아니지만 견디기는 낫다. 두통을 무시할 때가 많다. 읽기와 쓰기에 애를 먹지만 그렇다고 도대체 없어지지 않는 두통 때문에 내가 계속해서 읽기와 쓰기를 그만 두어야 하나.

'명랑'이라는 두통약을 수십 년 복용한 할머니가 계신다. 요즘은 쓰지 않는 약이어서 다른 걸 드리는데 그 '명랑'만 못하다고 늘 불평을 하신다. 평생을 두통과 싸우며 사셨다. 머리가 쪼개지는 것 같다는 그 할머니에 비하면 나는 양호한 편이다. 모진시집살이와 젊어 한때 바깥으로만 돈 남편 때문이란 게 할머니의 푸념이다. 그 하염없이 늘어지는 개인사를 듣다보면 대낮에도 눈앞에서 별이 다 번쩍거린다.

일생을 두통 속에서 살아가는 것도 숙명이라면 숙명인 게다. 진통제를 상용한다고 나무라면 섭섭하다. 뻔히 알고 있는 두통의 발생기전을 새삼스레 고찰하고 약리작용을 곱씹어 보아도 뾰족한 수가 없다. 그러려니 한다. 두통은 고통이지만 불행은 아닌 것이다. 불편할 뿐이다. 내게 불편한 게 좀 있다고 그게 뭐 어쨌다는 건가. 누구에게나 피할 수 없는 고통은 있는 법이다.

위왕 조조도 평생 편두통에 시달렸다고 한다. 명의 화타가 두개골을 열어서 병소를 꺼내야한다고, 그 시대에는 전대미문인 진언을 했다가 조조의 진노를 사서 죽었다고 한다. 조조의 고통은 내겐 상상이 되지 않고 와 닿지도 않는다. 자신의 두통을 시공을 넘어서 내게 고스란히 전해준 인물은 빈센트 반 고흐다. 정말이지 고흐의 자화상들을 보면 그 표정과 눈빛, 이글거리는 필치에서 그의 두통이 마치 나의 것인 양 지끈거리며 옮아오는 것 같다. 물론 그의 생애에 대한 선입견이 작용했을 수도 있다. 하지만 그에 대한 정보가 전혀 없는, '명랑할머니'에게 고흐의 자화상을 보여드려도 틀림없이 그를 애련히 여기며 이마를 짚어 주시리란 생각이 든다. 두통환자들은 기질적으로 자극이나 손상에 예민하다. 타고난 기질이 민감한데다 지독한 가난과 절대 고독 속에서 예술혼을 불태우다 마침내 미쳐서 물감을 씹어 먹었던 고흐의 극심한 두통은 짐작이 되고도 남는다.

오후 3시다. 점심시간부터 쓰고 있는데 두통이 또 글줄을 물고 놓지 않는다. 이럴 땐 쉬어야한다. 문을 열고 나선다. 건듯 부는 바람에서 비 냄새가 난다. 건물화단의 향나무 아래 개미들이 소리 없이 그러나 매우 부산하게 움직이고 있다. 개미들을 내려다보고 있노라니 문득 베르나르베르베르의 『개미』
가 생각난다. 그토록 조직적이고 지능적인, 페로몬을 쏘아서
소통하며 인간을 공포에 떨게 한 개미들을 생각하니 전율이
온다. 이 개미들도 그런 족속일까? 그 개미들과 그런 작품을
쓴 베르나르의 뇌구조를 생각하니 머릿속에 쥐가 나는 것 같
다. 이러니 아플밖에. 순전히 내 탓이다.

　조조와 고흐, 할머니와 나 그리고 세상의 모든 두통환자들
을 위로하고 싶다. 지끈거리는 이마를 누르며 살다 간 분들에
게는 뒤늦은 경의를 표하고, 지금 머리앓이로 진저리를 치며
살아가는 사람들에게는 동병상련의 정을 보낸다. 별 유용치도
않은 글을 쓰는 오후, 이마에는 미열이 있고 눈두덩이 뜨끈하
며, 두피와 그 속에 있는 덩어리가 따로 구르는 듯 흔들린다.
하지만 괜찮다. 두통 따위 때문에 아무 것도 멈추고 싶지 않
다. 그 속에서 읽고 쓰고 웃고 울면 되는 것이다.

(2011. 에세이포레)

적요 寂寥

"적요, 적요를 써 주세요."
스님은 말씀 없이 나를 잠시 바라보신다.

팔공산에서 '승시僧市'가 열린다고 했다. 스님들이 물물교환을 위해 예부터 열었다는 승가장터를 재현한다는 것이다. 그 장터를 둘러보는 일이 재미있을 것 같아서 딸아이와 팔공산행 버스를 탔다. 가을초입인데 여름이 끈질기게 남아서 진득거렸다. 팔공산에서 파계사로 넘어가는 길에 있는 자동차극장이 장터였다.

승복, 바리, 소쿠리, 손잡이가 긴 커다란 주걱, 약탕관, 나무숟가락 같은 일상용품들을 늘어놓은 난전 한가운데에 한 스님이 앉아서 뜨개질을 하며 맞은편에 쪼그리고 앉은 촌부와 담소를 나누고 있다. 그 주위로 도자기체험, 천연염색, 닥종이, 녹차제다시연, 두부집, 사찰음식전시장 등이 늘어서있다.

공연, 전시, 체험, 놀이마당이 각각 그리고 동시에 펼쳐지고 움직인다. 사람들이 많다. 하지만 다들 진지하게 둘러보고 있어서인지 어수선하지 않고 물 흐르듯 유유하다. 물은 그러나 신명나게 흐른다.

떡메에 연신 두들겨 맞으면서 부드러워지고 점도를 더해가는 인절미가 정말이지 먹음직스럽다. 줄을 서서 한참을 기다린 끝에 한 조각을 얻어서 입에 넣으며 딸아이와 나는 함박 웃는다. 연잎에 싼 찰밥을 몇 덩이 사고, 도자기를 감상하다가 연꽃모양으로 빚은 하얀 찻잔 한 쌍을 산다. 죽비를 사고 싶은데 비싸다. 내가 나를 놓아버리고 싶을 때마다 저 죽비로 어깨를 내리치면 정신이 번쩍 들 것 같은데…….

장터 여기저기를 돌아다니다 와편각 전시장에 멈춰 선 것이다. 깨진 모양 그대로의 기와에 '소욕지족', '다선일여' 등의 글귀와 문양을 새긴 작품들이 전시되어 있다. 생명을 다해 버려진 기와조각 무더기가 여공스님이 와편전각에 몰두한 인연이 된 '첫 부처님'이며, 깨진 기와 한 장도 부처님이고, '두두물물이 다 부처님'이라는 여공스님의 말씀이 인쇄된 팸플릿을 챙긴다.

"한글로 합시다."

한자로 하면 획이 너무 많아서 어려울 거란 생각을 하고 있었으므로 선뜻 그러겠다고 대답한다. 손바닥 두 개 크기의 주황빛 기와조각을 골라들고 차례를 기다리다가 스님께 드리며

'적요'를 쓰고 싶다고 말씀드린 게다. 조금 전에 엉뚱하게도 '열공(열심히 공부하자)'을 고집하는 학생을 보고 "다른 건 없나" 하며 빙그레 웃던 스님이 나를 또 잠깐 바라보신 게다. 대개 불가의 화두를 선택하기 때문이려니.

기와조각에 연필로 천천히 글씨를 쓰는 여공스님의 얼굴은 참으로 맑다. '적'은 'ㅈ'의 두 획을 양 옆으로 넓게 벌려서 그 끝을 달팽이 문양으로 꼬아 쓴다. '요'는 'ㅇ'을 아주 작게 'ㅛ'의 아래 획은 옆으로 길게 늘인다. '적'의 글씨꼴이 화려한듯해서 본시의 뜻이 흔들리는 것 같았는데, 'ㅛ'의 아래 획이 횡으로 낮고 길게 그어져서 '소란스러움을 가라앉힌 다음에야 비로소 적요에 이른다.'란 뜻으로 다가온다. 역시! 경탄하며 감사히 받아든다.

긴 작업대에 대여섯 명이 앉아서 스님이 본을 떠준 내용을 조각하고 있다. 딸아이가 의자에 앉아서 조각칼을 든다. 가슴팍에 '승시'가 흰색으로 프린트된 감색 앞치마를 입고 아이는 이내 조각 삼매에 빠져든다. 얼굴에 땀이 송송 맺힌다. 내가 할 걸 그랬나하는 생각이 들지만 모른 척 한다. 글씨를 새기는 동안 그 뜻도 새겨져서 아이의 마음도 물속처럼 고요해지기를 바라는 것이니.

시간이 많이 걸린다. 나는 또 장터를 돌아다닌다. 사찰학춤 공연이 시작된다. 한 무리의 학이 날아오르고 내려앉는 것 같은 아름다운 춤사위에 빠져있다 문득 해가 설핏해지는 느낌에 발걸음을 돌리니 아이가 조각칼을 반납하고 있다. 스님께 깊이 절하고 장터를 나선다. 산기슭 바위에 앉아서 연밥을 꺼낸다. 연잎을 펼치니 주먹 크기의 촉촉한 찰밥덩이가 들어있다. 맛이 그만이다.

버스정류장의 줄이 길다. 모두들 저자거리로 돌아갈 시간인 게다. 땀 냄새 나는 사람들 속에 섞이는 일이 즐겁다. '두두물물이 부처님'란 말이 가슴에 들어온 까닭이다. 불자가 아니면 어떠랴, 말씀이 주는 감동은 다르지 않은데.

주황색 바탕에 하얗게 음각된 '적요'를 서가 빈자리에 비스듬히 세운다. 글자의 획에 떨림이 있다. 조각칼이 떨리면서 나아간 모양이다. 떨림이 있는 게 오히려 마음에 든다. 떨림을 모르면 고요 또한 알지 못하리니.

와편전각 '적요'를 들여놓으니 위안이 된다. 마음의 소요를 견디기 힘들 때, 세상사에 휘둘려서 휘청거릴 때 마주하고 있으면 '가만…가만…' 낮은 음성으로 나를 다독거려 온전한 적요 속으로 데려다 줄 것 같다.

(2011. 한국수필)

회오리바람

처음엔 바다 건너 먼 대륙에서 나비 한 마리가 날갯짓을 하는가 싶었다. 미심쩍긴 했지만 강 건너 불이겠거니 여겼다. 그 작은 움직임은 그러나 연일 뉴스가 되었고, 곧 회오리바람이 될 것이라는 예측들이 쏟아져 나왔다. 어떤 미세한 낌새도 놓치지 않기 위해 당국은 여러모로 방책을 세웠다.

하지만 그것은 비행기에 탑승하여 세상 이곳저곳으로 날아갔다. 그리고 감당할 수 없는 속도로 무리를 늘리기 시작하더니 말 그대로 회오리바람이 불어오고 말았다. 누구도 회오리바람으로부터 자유로울 수 없었다.

기침을 하거나 재채기를 하면 곁에 있는 사람들에게 눈치가 보이는 세상이 되었다. 어떤 이가 기침을 참고 참다가 더는 막을 수가 없어서 푹! 푹! 터트리고 말았다. 순간 실내에 있던 사람들이 약속이나 한 듯이 쿡쿡 웃었다고 한다. 그 소리가 플루! 플루! 로 들린 것이다. 이런, 기침소리조차 플루 플루가 되어버린 게 아닌가.

봄이 오면서 신종인플루엔자가 함께 왔다. 돼지에게서 발생했다하여 돼지인플루엔자로 회자되면서 돼지농가가 때 아닌 된서리를 맞았다. 그 현상은 관계자들의 심기를 매우 불편하게 했거니와, 경제에 미치는 영향도 커서 신종인플루엔자A로 공식명칭이 바뀌었다. 사람들은 금세 돼지독감 따위는 잊어버리고 돼지고기를 맛있게 먹었다. 물론 뒤탈도 없었다.

입국하는 누군가가 병에 걸렸거나 의심자로 분류되면 그 사람을 격리하고 근처에 앉았던 탑승객들을 추적하는 소동이 벌어졌다. 환자들을 격리병동에 입원시켜 완치가 되면 그 환자를 집까지 후송해주는 일도 마다하지 않았다. 하지만 발도 없고 보이지도 않는 바이러스를 막을 수는 없었다. 그렇듯 초긴장 상태로 여름을 보냈으나 가을이 되면서 신종독감은 더욱 만연하였다. 지구보다 더 무거운 목숨들이 숨져갔다. 그것은 슬픔이었고 공포였으며 대단히 불편한 진실이었다.

약국은 그 소용돌이의 한가운데에 있었다. 친지들의 문의전화가 잇달았다. 환자들 사이사이에 별 도움도 되지 않는 대답을 녹음기처럼 거듭하면서 지쳤다. 이러저러한 증상이 있는데 그게 '플루'가 아니냐는 질문이 많았으며, 치료제인 '타미플루'를 구해달라는 사정을 통 모르는 부탁도 적지 있었다.

신종인플루엔자 바이러스 속에서 소설 『눈먼 자들의 도시』를 읽었다. 운전을 하던 한 남자가 신호대기 중에 갑자기 눈이 머는 것으로 소설은 시작된다. 그 남자는 다른 이의 도움을 받아서 안과엘 가는데 그 시간 안과에 있었던 모든 이가 눈이 먼다. 정부에서는 그들을 격리하고 음식을 배급했다. 그들이 처한 현실은 처참하였다. 그 속에서 자연스레 발생하는 것은 극도의 이기심과 도덕불감증이었다. 급기야 도시 전체가 눈먼 자들로 채워졌다. 도시의 모든 기능이 마비되었다. 사람들은 짐승만도 못한 생활을 영위할 수밖에 없었다.

이 지구상에 거의 한꺼번에 닥친 신종독감 사태는 물론『눈먼 자들의 도시』에 비할 바는 아니다. 우리는 통제할 수 있고 극복할 수 있는 장치를 가지고 있기 때문이다. 한 가지 공통점이 있다면 이기심이다. 타미플루를 미리 확보하겠다는, 백신을 먼저 맞겠다는, 강한 의지를 보이는 사람이 적지 않다는 것이다. 심지어 보잘 것 없는 권력으로 특혜를 누리려는 이들도 있다.

확률이라는 게 그렇다. 만에 하나라 해도 내가 병에 걸린다면 100%인 것이다. 치명적이 아니란 어떤 보장도 없다. 그러니 충분히 그럴 수 있다고 생각하다가도, 이건 아니지 하는 마음이 들곤 하는 것이다. 확진판정을 받고 타미플루를 받으러 온 몇몇 사람들의 태도도 섭섭하다. 기침예절을 지키려 하지 않거니와 마스크 착용도 하지 않는 사람을 보면 신경이 곤두선다. 감염에 노출되어있는 자신에 대한 방어욕망이 내 신경을 건드렸을 게다.

마침내 '방'을 써 붙였다. '신종플루 행동수칙' 개인위생 철저히, 기침예절 지키기, 가래침 함부로 뱉지 않기, … 마스크 착용, 등등. 여기저기 붙어있고, 모두들 다 알고 있는 내용을 구태여 상기시킨 것은 고백하건대 순전히 나를 위해서다. 나도 '임금님 염병보다 내 고뿔이 중하다.' 는 옛말에서 한 발짝도 비켜서지 못한 것이다. 그러니 어쩌겠는가.

회오리바람이 시나브로 잦아들고 있다. 이 지루한 겨울이 지나면 고운 봄이 오고 실바람이 살랑살랑 불어오겠지.

(2009. 창작수필)

김순분 아지매의 비닐봉지

국지성호우가 있겠다는 예보가 있었다. 실제로 나라의 곳곳에 말 그대로 국지적으로 폭우가 내리고 있다. 워낙이 다른 곳에 비가 많이 내리니 거들지 않을 수 없었던가. 비 없기로 유명한 이 지역에도 비가 많이 내린다.

빗물막이 차양 속에서 뒤꼍의 나무들을 바라보고 있는데, 단풍나무 높은 가지에 검정비닐봉지가 걸려서 비바람에 사정없이 휘둘리고 있다. 잎이 한창 무성한지라 그렇듯 온몸을 찢으며 펄럭이지만 벗어날 가망이 영 없어 보인다. 그 무생물이 불현듯 생물로 보인다. 생물이 아니라도 그렇다. 어딘가에 걸려서 제 살을 찢고 있는 걸 보는 건 여간 불편하지가 않다. 불편한데, 고통을 덜어줄 방도가 없다. 가지는 높고 비는 세차게 내린다. 항상 그랬다. 타자의 고통은 내게서 멀리 떨어져있었고 그 떨어져있음에 한편으로는 안도했다. 아무 것도 하지 않아도 되니까.

비닐봉지는 아직은 지치지 않은 초록이파리들과 함께 비바람에 마구 흔들리고 있다. 비닐은 지금 까무러쳐 있다. 혼절한 지 한참인, 용도폐기 된 그 까만 비닐봉지는 속속들이 젖었고 주름졌으며 흙먼지가 누렇게 끼어있다. 그런 정황이 낯설지가 않은데 새삼스레 마음이 저리는 까닭은 무엇인가. 비 탓인가. 그것의 한 생애는—생애라 할 수 있을까?—여기서 끝이 나는가. 뭔가가 자꾸만 필요해진 인간에 의해서 대량생산된, 몸값이 그야말로 싸구려인 그것, 그래서 함부로 쓰고 함부로 버리는 보잘 것 없는 존재인 저 비닐봉지는 대체 어디서 왔을까.

건너건넛집 김순분 아지매가 고등어 몇 마리를 사들고 와서, 마당의 수도꼭지 앞에서 손질하고 있었다. 다듬은 고등어를 씻어서 냄비에 담고 무와 양파와 대파도 씻어서 큰 양푼에 담아서 무심히 부엌으로 들어갔다. 부엌에서 고등어찌개가 끓는 동안 비닐봉지는 잊혀졌다. 처음에는 마당에서 휘휘 저공비행을 하였다. 그러다가 세찬 바람이 한 줄기 후려치니 엉겁결에 그 바람을 한입 가득 물고 팽팽해졌다. 팽창하는 순간 몸은 티끌처럼 가벼워져서 '높이곰' 솟았다. 바람몰이 속에서 혼이 다 달아난 그것이 당도한 곳이 바로 단풍나무 가지였던 것이다. 그렇게 한참을 나부끼고 있었던 것인데 국지성이란 이름의 폭우가 내린 것이고 가뜩이나 젖은 몸의 손잡이께가 가지에 걸렸으니 그뿐, 어쩌겠는가.

뱃속 가득 뭔가가 담겨지고 누군가에 의해 옮겨져서 품은 것을 고스란히 내 준 순간 바로 버려진다. 마침내 초췌하고 견

줄 데 없이 남루해져서 아무렇게나 내박쳐지는 그것은 그러나 썩지 않는다는, 오염이라는 오명을 쓰게 된다. 오염이라니! 전혀 의도한 바가 아니다. 만들고 쓰고 버린 건 사람들이다.

폭우 속에서 검정비닐은 썩지도 않는 몸으로 생을 마치고 있다. 그 태생이 이미 역리였으니 흙으로 돌아가는 순리를 끝내 알지 못한다. 그것이 가뜩이나 꼴이 말이 아닌데 비바람이 점점 거세지고 있다. 가련하다. 그것을 저 가지에서 걷어내어 편안하게 해주고 싶은데 하릴없다. 그것의 최대 비참은 '불멸'일지도 모른다. 사멸하는 것이 얼마나 큰 복락인지를 알지 못한 채 생을 마치니 불쌍타. 생을 마쳤다고는 하나 그 잔해를 거둬줄 이 없으니 더욱 불쌍타.

이제 곧 어두워질 테지. 어둠이 켜켜이 쌓인 캄캄한 밤에, 사람들이 다 제 집으로 돌아가 깊이 잠든 밤에, 검정비닐은 숨이 멎은 채로 여전히 시커먼 나뭇가지 끝에서 펄럭이겠지. 길고 험했던 밤이 물러나고 거짓말처럼 맑은 하늘이 열려서 비닐봉지의 젖은 몸은 마르겠다. 남은 바람이 건듯건듯 나뭇가지를 털다가 우연히 검정비닐을 지상으로 떨어뜨릴 수도 있겠다.

뭐가 남았을까. 비닐은 쓰레기통에 들어가고 분류되어서 저들끼리 태워지든가 땅에 묻히든가 아니면 재생이란 공정으로 다시 태어나든가. 무엇이 좋을까. 재생? 그것이 새 몸이 되어서 시장에 나간 김순분 아지매의 손에 다시 들려지는 게 가장 좋을 것인가. 그래서 또 버려지고 비바람을 맞아서……. 여기까지만 하자. 악순환은 싫다. 고등어를 담기 전의 새 비닐- 폭우 속에 버려진 폐비닐- 산뜻하게 환생한 새 비닐, 그게 좋겠다. 그래야 내 맘이 그나마 편하겠다.

한갓 폐비닐이 불쌍하고, 불쌍한 것들이 넘치고 넘쳐서 마침내 얼음덩이를 놓치고만 북극곰은 더 불쌍하다.

(2012. 에세이문학)

그곳에 가고 싶다

영화 「대부」의 주제곡을 오케스트라가 연주하는 동안 스크린에는 영화의 명장면들이 지나가고 있었다. 냉혹한 마피아의 세계와 가족애의 감동이 교차했던 영화, 그래서 아이러니와 매력을 동시에 느꼈었다. 세례식의 아름다운 영상을 보며 「Godfather love theme」를 듣는데 문득 그 영화를 본 것이 결혼 전날의 데이트였다는 고색창연(?)한 기억이 되살아나서 피식 웃었다.

「러브스토리」 하면 층계참에 앉아 떨면서 올리버에게 '사랑은 미안하다고 말하지 않는 것'이라 말하던 제니퍼의 지순한 얼굴이 생각난다. 무엇보다 '스물다섯에 죽은 여자 이야기를 어떻게 시작해야 할까…'라고 독백하는 올리버의 처연한 모습을 담은 영상은 압권이었다. 그 장면을 다시 보며 주제곡을 음반이 아닌 오케스트라의 연주로 듣는 느낌은 참으로 특별한 것이었다. 올리버의 독백과 같은 내용으로 시작되는 노랫말을 입속에서 중얼거리는데 새삼 가슴이 아려왔다. 순백의 눈밭에서 두 연인이 눈 장난을 하는 장면과 「snow floric」의 로맨틱한 선율도 나를 잠시 아득하게 했다. 「마이 웨이」와 「사운드 오브 뮤직」 등, 추억의 영화와 명주제곡들을 만난 것이다. 이런 호사라니!

'가을 팝 콘서트'가 열리는 수성문화원을 찾았다. 문화원 뜰에 부는 선들바람에 가을 냄새가 짙게 묻어났다. 로비에는 사람들이 삼삼오오 마주서서 가벼운 담소를 나누고 있었다. 여기저기 붙어있는 뮤지컬, 연극, 독주회의 포스터들을 눈여겨보면서 공연날짜를 가늠해 보았다. 기나긴 여행길에서 지쳤을 때 맑은 계곡물에 발을 담근 기분이랄까. 모처럼 일상을 접고 공연장을 찾은 마음은 그런 것이었다. 바람 불어 소슬한 가을밤에 참으로 기꺼운 시간을 보낸 것이다.

그날 밤 집에 돌아와서 젊은 날 사 모았던 LP음반들을 찾아보았다. 음반들은 오래된 장식장에서 비스듬히 서거나 켜켜로 누워서 세월의 먼지와 함께 낡아가고 있었다. 게다가 턴테이블조차 오래 전에 퇴출되었다는 게 생각나서 일순 가슴이 서늘해졌다. 그렇게 살아왔고 또 그렇게 나이가 든 게다.

스무 살, 감수성 과잉의 그 한때 나는 음악 감상에 몰입했었다. 야외용 전축을 사고 해적판 음반을 사 모았으며 싸구려 녹음기로 좋아하는 음악을 테이프에 담았다. 내 형편으로는 대단한 사치였고 열정이었다. 음악 그 자체는 결코 싸구려일 수 없는 것이지만 그것을 취한 나의 방식은 이를테면 '키치'였던 것이다. 그렇게나마 영화음악을 듣고 팝을 흥얼거리고 클래식에 심취하며 스스로를 키웠을 터였다. 그리하여 내 인생의 봄날은 그즈음 나를 둘러쌌던 어둠침침한 정황들과는 별개로 화사했다.

나중에 오디오 시스템을 갖추고 제대로 된 음반들을 구입해서 그럴듯하게 음악을 즐길 수 있게 되었을 때, 정작 나는 오만가지 일로 지나치게 분주했다. 음악을 들으며 강물소리나 바람소리, 새소리를 듣는 행복은 멀어져갔다. 기껏해야 음악 채널을 고정해놓고 일을 하며 흘려듣거나 CD 플레이어로 만족하며 지내왔다.

얼마 전에 지역의 한 신문에서 「10월의 마지막 밤-가을과 중년」을 테마로 하는 특집을 게재하였다. 많은 지면을 할애한 기사를 읽으며 오래 전에 헤어진 연인을 조우하듯 설렜다. 까맣게 잊고 지냈던 장소들이 소개된 것이다. 젊은 날 즐겨 앉아 있었던 클래식음악 감상실, 당장 달려가서 첫사랑처럼 달콤하고도 쓴 커피를 마시며 흘러간 팝을 듣고 싶은 라이브 카페 등등.

오래 잊고 있었다. 너무 오래 되어서 그 장소들이 그리 멀지 않은 곳에 있으며, 마음만 먹으면 언제라도 갈 수 있다는 생각조차 하지 못했다. 예전에 내가 무엇을 좋아했는지, 지금 자신이 어디에 가고 싶어 하는지 잊어버리고 살았다. 그곳으로 가는 길도 기억해내지 못했다. 그곳으로부터 이토록 멀어져버린 까닭은 무엇인가. 세상살이가 녹녹치 않아서? 아닐 게다. 낭만을 잃었으며 여유를 갖지 못했기 때문일 터이다. 삶의 무늬를 밀도 높게 그려 넣으려고만 했다. 그러면서 여백을 남기지 않은 것이다. 여백이야말로 그림이 보여주는 진정한 아름다움임을 결코 모르지 않았음에도…….

시절이 수상할수록, 살아가는 일에 숨이 찰수록, 마음의 문 한 짝을 열어놓아야 하리. 그리하여 그 열린 문을 나서서 언제라도 그리운 곳으로 갈 수 있어야하리. 오, 그러나 나는 알고 있다, 이후로도 여간해서 그리할 수 없으리란 걸. 공연장에서의 몇 시간이 더할 나위 없었노라, 잊고 살았노라, 주저리주저리 읊어댄 이 지리멸렬한 글이 바로 그 조짐이 아니고 무엇이겠는가.

(2009. 에세이포레)

| **3부** |

생의 이면

섬으로 간다.
나는 섬으로 간다.
미풍이 분다. 배는 남실남실 나아간다.
배도 사람들도 낯이 익다.
나는 마치 뭍으로 나들이 갔다가 돌아오는
섬사람 같다.

생의 이면

　죄 참 많~이 지었소. 내 그 죗값 하고 있는 기요. 일곱 해째 방구들 신세지고 있는 마누라 병 수발한다꼬 이리 살고 있소. 이제 차려 놓은 밥은 혼자 먹을 만큼 됐으니 그저 고맙지 뭐. 낮에는 이러고 돌아댕기다 해거름에 들어가서 씻기고 믹이고 하는 기 내 일이지. 그럭저럭 살다 가면 그뿐인데……. 제~발 내 앞에 가서 내 손으로 거두키나 했으면 좋겠소. 휴우~

　장대비가 내린다. 한나절 비가 쏟아지니 발걸음들이 뚝 끊어졌다. 무연히 빗줄기를 내다보고 있는데 노인이 비에 젖은 채로 늘 그랬던 것처럼 누런 치열을 드러내며 웃고 있었다. 그 웃음이 나는 그리 좋지가 않다. 좀 비굴해 보인다. 이런 날 왜 나오셔서 저 비를 다 맞으시나. "비 피해 가세요." 모른 척 할 수가 없어서 그렇게 말했더니 물이 뚝뚝 떨어지는 폐지뭉치를 그대로 들고 들어온 것이다. 약국 바닥에 물이 흥건해졌지만 나는 개의치 않는다는 표정을 지었다. 비에 젖어 축 처진 폐지

뭉치보다 노인의 몰골이 더 말이 아니었다.

봄여름 없이 쓰고 다니는 낡은 체크무늬 모자는 정수리부위가 푹 꺼졌다. 형형함을 잃어버린 두 눈, 니코틴 때가 덕지덕지 낀 치아, 세로주름들이 골골이 팬 검은 얼굴은 지난한 현실을 여실히 말해주고 있다. 낡았다고 말하기에도 이미 늦은 듯한 잠바와 바지, 더 이상 남루할 수 없는 모습이다. 창밖을 내다보고 있는 노인의 쭈글쭈글하게 뒤틀린 목덜미가 거슬린다. 참을 수 없는 무거움이 가슴에 얹히는 느낌이다. 한동안 침묵을 지키던 노인이 불쑥 말을 잇는다.

내 꼴은 이래도 우리 큰아들은 말만 하면 다 아는 대기업 간부요. 성공했지. 인물도 좋코. 내 닮았지. 휴우~ 내 아직 사지 성하니 자식 애 안 믹이고 사는데 꺼지 살아볼라꼬. 시방도 오라 카는데 마누라 수발해야지 안 그러요?

장대비는 가늘어져서 조용하게 내린다. 플라타너스 무성한 잎이 빗속에서 건들건들 흔들거리는 게 보기에 참 좋다. 나무는 나이 들어도 저리 푸르고 당당하건만 사람은 늙으면 왜 이리도 비루해지는 걸까. 진정 살아온 죗값인가. 노인이 박스뭉치들을 낡은 노끈으로 다시 묶는데 갈퀴 같은 손가락들의 떨림이 오늘따라 심하다. 모진 풍상을 겪은 모습이지만 젊어 한때 미남이었음이 짐작되는 얼굴이며, 낮고 울림이 있는 음성으로 말을 할 때면 '먹물' 냄새도 난다. 구부정하지만 키도 후리후리하게 크다.

폐지를 주우러 다니는 노인을 불러서 박스들과 헌 신문지들을 주었던 게 인연이 되었다. 노인을 처음 본 날 불현듯 전생의 오라버니가 아닐까하는 강한 느낌을 받았다. 그것은 '측은하다' 따위로는 설명이 되지 않는 것이었다. 동기간에 느끼는, 그러니까 '속상하다'란 감정이라고 하면 맞을 것 같다. 하여 없는 종이도 찾아낼 마음이 되곤 했다. 그때마다 "이 은혜를 다 어이할고." 늘 똑 같은 말이다. 은혜는 무슨.

비는 시나브로 그치고 천막차양에 맺힌 물방울들이 또닥또닥 떨어진다. 플라타너스 잎들도 산들산들 나부낀다. 오후 다섯 시다. 워낙 허술하게 묶여서 여차하면 풀어질 듯 위태로워 보이는 박스뭉치들을 어깨에 멘 노인이 또 한 번 활짝 웃고는 약국을 나선다. 그 추레한 뒷모습을 잠시 바라보노라니 할머니 한 분이 걸어오면서 노인을 힐끔거리며 쳐다본다.

저 영감탱이, 꼴좋~다. 저 영감 저래도 대학 나왔다 카데. 멀쩡하이 생기가 본 마누라 무식하다꼬 팽개 안 쳤나. 평생 밖으로 돌아댕기디만 첩 병수발 하니라고 꼬라지가 말이 아이다. 늘그막에 무신 고생이고 쯧쯧. 할마시가 부산 자석 집에 사는데 택도 없다 카데. 영감 안 받아 준다꼬. 그라고 첩도 평생 살았는데 중풍 들었다꼬 내삐리면 경우가 아이지. 암, 아이고 말고. 그런데 그 여편네가 노망이 들었는가 그리 패악을 부린다 카네. 기찰 노릇이지. 영감 늦복 터졌지러. 다 지은 대로 가는 기라. 아이고, 내 정신 좀 보래. 허리 아퍼가 왔는데.

　그러고도, 영감 젊었을 때 마누라 밥 먹는 것도 아까워서 쌀 낱 많이 들었다고 갱죽 그릇을 엎었다는 둥, 모질게 팼다는 둥, 한참 사설이 길다. 그저 웃을 수밖에. 내 반응이 영 싱거운지 우산을 챙기더니 할머니도 내게 뒷모습을 보인다. 알록달록 꽃무늬 블라우스에 헐렁한 미색 바지차림, 느슨한 걸음걸이, 뒤통수가 훤해져가는 성긴 파마머리, 그 어디에도 팽팽한 긴장은 없다. 평범하게 늙어가는 사람의 좋을 것도 나쁠 것도 없는 편안한 모습이다. 조강지처를 버리는 남자에게 공분을 느끼고 그런 남자의 몰락을 고소해하는 게 여자들의 심리다. 하여 할머니의 험담에는 일정수준이상의 적의가 담겨있다.
　마누라 병 수발한다고 신세타령인양 말할 때 혹 ‘나 이런 남편이요.’라는 자랑은 아닐까 했다. 좀 뜨악하긴 하지만 새삼 실망할 일도 아니리. 어쩌면 누구에게나 있을 생의 이면을 또 한 번 본 것일 뿐이다. 아무려나, 노인은 아내와 자식들에 대해 평생 무거운 죄의식을 가지고 살았을 것이다. 단칸방에 온종일 누워서 짜증만 늘어가는 ‘마누라’도 많이 불쌍할 터이다. 형편도 형편이지만 그토록 비천한 행색이 된 건 노인이 스스로 행하는 속죄행위일지도 모른다는 생각이 든다. 휘청휘청 걸어가던 노인의 모습이 눈에 밟힌다.
　장대비 그치고 먹구름 걷혔다. 실비도 잦아들었다.

(2009. 에세이스트)

매화잠

매화는 아침이슬에 함초롬히 젖어있다. 엷은 꽃잎과 가녀린 꽃술이 이슬방울에 젖어 떨고 있는 양이 애처롭다. 지인의 농장에 객이 되어 하룻밤을 지내고 산책을 나섰다가 매화나무들을 만났다. 꽃이 만개했다.

일생 추워도 향기를 팔지 않는다는 매화다. 뜻을 굽히지 않는 군자, 곡진한 사랑을 은장도처럼 지닌 여인의 표상인 설중매가 이토록 여리다니. 새삼 매화의 지조와 절개에 외경을 느낀다. 지고한 뜻도 곡진한 사랑도 결여된 나는 꽃의 자태와 맑은 향기에 매료되어 시간 가는 줄을 모른다. 쓰다듬고 쓰다듬어 그 촉감이라도 가져가고 싶은 심경이 된다. 느닷없는 사랑을 가눌 길이 없는데 아침밥 먹으라는 말이 높게 날아온다.

이별이 준비되지 않았다. 나는 속되고 속되어 기어코 가느다란 가지 하나를 꺾고야 만다. 피어난 꽃 대여섯, 꽃망울 서너 개가 따라왔다. 꽃가지를 머리에 꽂아본다. 내 기꺼이 제정신이 아닌 여인이 될 것을 마다하지 않으련만, 짧은 생머리는 그것을 이내 흘려버리고 만다. 가방에서 책을 꺼내 갈피에 고이 뉜다. 단지 사랑에 겨웠다는 이유로 꽃가지를 꺾다니.

불현듯 생각한다. 매화잠! 꽃가지가 마침 비녀길이가 아닌가. 매화문양이 양각된 기품 있는 비녀를 갖고 싶다. 참으로 엉뚱한 발상이다. 무엇이 갖고 싶으냐. 매화잠을 원한다. 머리는 어떻게 하려느냐. 지금부터라도 기르면 되지 않겠는가. 자문자답하다가 실소를 한다.

거울을 들여다본다. 거기 젊은 여인이 있다. 하얗고 갸름한 얼굴의 여인이 삼단 같은 긴 머리를 섬섬옥수로 꼬아 감더니 탐스럽게 만들어진 쪽에 매화비녀를 꽂는다. 두 손으로 가르마 양 옆 머리를 다독거리며 이쪽저쪽을 비춰본다. 참하다. 하지만 이 모습은 아니다.

귀퉁이가 반들반들해진 경대를 무릎 앞에 당겨놓고 거울을 비스듬히 세운다. 초로의 얼굴이 거울 속으로 들어온다. 세월의 잔금이 그어진 얼굴은 그 낯빛이 밝지는 않으나 편안해 보인다. 참빗으로 천천히 빗어 내리는 머리는 숱이 줄었고 흰머리칼도 적잖게 섞여있다. 왼손을 뒤로 돌려 머리를 모아 쥐고 오른손으로 긴 머리채를 꼬더니 두어 번 감아서 쪽을 만든다. 쪽은 풍성하지 않으나 단아하다. 평생 그 하나만의 사치를 내심 허용했던지 아니면 고운님이 준 귀한 정표였던지, 닳아서 문양 또한 얼마간은 뭉그러진 매화비녀를 천천히 지른다.

이 정도는 되어야지. 평생 한 사람의 정인을 마음에 두고 살았다 할 수 있지. 오, 그러나 나는 매화잠은커녕 무쇠비녀도 가지고 있지 않다. 누가 나에게 그걸 사 줄 것인가. 유감스럽게도 그럴 가능성은 희박해 보인다. 지금이라도 그걸 사기 위해서 상점들을 찾아 나서야 할까. 어디에 가면 살 수 있을까. 돈은 얼마나 들까. 설령 비녀를 얻는다할지라도 그게 과연 내가 원하던 것일까. 아무래도 나는 화려함이 눅어지고 기품이 깃든 매화잠의 주인이 될 수는 없을 성싶다.

이 터무니없는 생각은 밥상머리에서도 계속되어서 밥을 건성으로 먹는다. 책갈피에 끼워져 숨죽이고 있을 매화꽃가지를 생각한다. “몹쓸 짓을 하였소.” 거울 속에 비치던 두 번째의 여인이 나를 나무란다. “세월이 가르쳐 주지 않더이까. 허무하고 또 허무한 것이 생이라고, 속절없이 그저 살아가고 살아지는 게 인생이라고. 무엇을 탐하고 또 가진다한들 그게 무에 그리 중하겠소.”

그럼에도 불구하고 나는 닳고 닳은 매화비녀 하나를 가지고 싶다. 세월을 함께 하지 못한데다 머리마저 마뜩치 않으니 그런 비녀를 가질 수도, 머리에 꽂을 수도 없겠지. 욕망이란 늘 그렇듯 현실과 상충되는 것임을 모르지 않는데 새삼스레 허망함을 떨칠 수가 없다.

이 뒤늦은 욕구의 근원은 대체 무엇일까. 평생 지니고 살아야하고 지닌 채 죽어야하는 절대적이고 절절한 그 무엇이 내게 있었던가. 그게 확연하지 않다는 것이다. 한 개의 비녀면 어떻고 단 한 번의 사랑이면 어떠하리. 세상이 경멸해 마지않는 명예나 재화면 또 어떠리. 무엇에도 나를 온전히 바치지 않았다는 생각이 든다. 그 회한이 이 아침 예기치 못한 욕구를 불러일으킨 것이리라.

두 손으로 머리를 쓸어 넘긴다. 아무 것도 잡히지 않는다. 비녀를 가지고 싶다. 매화비녀를 꽂고 싶다. 그 열망을 씹어서 밥과 함께 넘긴다. 방도가 없다.

(2008. 창작수필)

꽃섬, 꽃바람

섬으로 간다. 나는 섬으로 간다. 미풍이 분다. 배는 남실남실 나아간다. 배도 사람들도 낮이 익다. 나는 마치 뭍으로 나들이 갔다가 돌아오는 섬사람 같다. 저 섬 어딘가, 새소리 바람소리 쉴 없이 드나드는 양지 바른 곳에 내 집이 있다는 생각을 한다. 그런 생각은 너무나 익숙해서 그 집이 앉은 자리며 마당귀에 서 있는 나무나 꽃밭, 아무렇게나 놓여있는 플라스틱 대야까지 눈에 훤하다. 그 집으로 돌아가고 있는 것이다.

섬이 가까워진다. 섬에 닿고 싶지만 또한 바다 위에 하염없이 떠있고 싶기도 하다. 어딘가 닿을 곳이 있고 거기로 가고 있다는 사실이 미묘한 설렘을 가져다준다. 그 설렘을 좀 더 누리고 싶다. 배는 그러나 사람들과 나를 밀어낸다. 눈을 드니 동백 숲이다. 촘촘하게 우거진 잎사귀들 사이사이에 빨간 동백꽃이 별처럼 박여있다. 섬에 첫발을 디딘다. 외도外島다.

먼 곳 또는 섬을 향한 막연한 그리움을 어찌할 수가 없어서 섬을 찾아 나서겠다고 마음먹었다. 혼자 먼 곳으로 가고 싶어서(미지의 어떤 장소를 생각하면 기대와 두려움이 동시에 일어난다.) 처음 발걸음을 옮긴 곳이 내가 사는 도시의 한쪽 끝자락에 있는 수목원이었다. 비록 멀지는 않았지만 홀로 떠나고 닿고 머물고 돌아오는, 호젓함과 여유가 기막히게 좋았다. 그때, 다음에는 좀 더 멀리 가보리라 다짐했고 그 '좀 더 멀리'라는 열망이 나를 외도로 데려다 준 셈이다.

거제 도장포 포구에는 나이든 아주머니들이 땅두릅이며 달래, 고구마를 봉지봉지 담아서 팔고 있었다. 검게 탄 얼굴에 순박한 웃음을 한입 가득 물고 있는 아주머니들과 마주 앉아 몇 마디 한담을 나누었다. 향긋한 땅두릅과 달래를 한 줌씩 샀다. 그것들이 담긴 검정비닐을 배낭에 넣고 줄을 서서 기다리다가 유람선을 탔다.

'관람로' 란 화살표지판을 따라 걷는다. 선인장동산에서 잠시, 꽃밭에서 한참을 머문다. 섬초롱꽃을 허리 굽히고 들여다본다. 길은 그렇게 자주 멈칫거리며 끊어지듯 이어진다. 조각공원에 이르고 보니 점점 미궁으로 들어가고 있다는 착각이 든다. '명상의 언덕'에 앉아서 바다를 바라본다. 멀리 배 한 척이 바다에 하얀 물보라를 일으키며 어디론가 가고 있다. 저 배는 어느 포구에 정박하게 될까.

아득하다. 내가 앉은 여기와 저 배가 닿을 포구 사이가 아득하다. 그 아득함이 좋다. 어떤 곳에서 아스라이 멀어져 홀로 앉아있는 것은 얼마나 근사한가. 여기는 미궁이다. 섬에 난 길은 미로다. 하지만 이 길은 미노스가 만들지 않았고 나는 죄가 낳은 미노타우르스가 아니다. 영혼이 아름다운 사람이 만든 미궁이며 향기 가득한 미로이다. 나는 스스로 미궁에 갇히고 싶어 한다.

길을 잃어버리고 싶다. 화살표지판 ‘관람로’가 유감스럽다. 표지판은 아드리아네의 실처럼 나를 인도해서 다시 섬 밖으로 내보낼 것이다. 표지판을 무시하련다. 해가 지고 나서도 이곳을 빠져나가지 않으련다. 배가 섬에 닿기 전에 안내인 아저씨의 걸쭉한 너스레가 있었다. 정해진 시간에 선착장에 오지 않으면 좋은 사람 만나서 잘 먹고 잘 살겠거니…, 1분도 기다리지 않고 출발하겠다고 엄포를 놓았다.

그러라지. 꽃섬에 왔으니 꽃바람이 부는 것은 당연할 터. 나는 외도外島의 나무들과 꽃들과 눈앞에 펼쳐진 바다와 외도外道를 하고 싶다. 3시 40분이 임박해도 모른 척 하리라. 그러나 어리석게도 손목시계를 들여다보고야 만다. 마음이 바라는 바와는 달리 남은 길과 시간을 가늠한다. 조금 있다가 다시 시계를 보고 또다시 시간을 재어본다. 마침내 일어선다.

‘천국의 계단’을 하나하나 디디며 내려간다. 이 계단은 왜 나가는 길로 나있는 것인가. 여기가 천국일진대 올라오는 길에 나있는 게 옳지 않은가. 아무튼 부드러운 바람이 부는 ‘명상의 언덕’을 두고 떠나야한다. 수많은 나무들과 갖가지 꽃들이 있지만 ‘섬’ 자가 붙은 섬초롱꽃을 주인이라 여긴다. 좋은 시간 보내고 간다고 섬초롱꽃에게 작별인사를 한다. 다음에는 더 멀리 떠나야지. 그동안, 몇 시까지 돌아오라는 안내말도 없고 따라 걸을 표지판이 없어도 두려워하지 않을 배포를 키워둬야지.

'바다여행 2호'는 잔잔한 바다를 항해한다. 햇살은 수면에 금빛은빛으로 쏟아지고 동시에 튀어 오른다. 이 짧은 바닷길이 끝나면 배는 뭍에 닿게 된다. 스스로 섬을 떠나왔지만, 그리고 섬을 마냥 그리워하겠지만 집으로 돌아가는 마음이 무겁지는 않다. 비록 때 없이 일탈을 꿈꾸고, 먼 곳 또는 섬에로 향하는 마음을 접을 수는 없겠지만 집이 있기에 그리운 섬도 있을 것이니.

(2009. 계간수필)

보물찾기

청자연적 한 점을 가지고 싶었다. 고등학교 때 피천득 선생의 「수필」에서 "수필은 청자연적이다.…"를 읽고 나서부터였던가 싶다. 그 문장을 처음 대했을 때의 느낌을 잊지 못한다. '청자연적'의 이미지는 실로 신비한 것이었다. 그러니까 수십 년 품어온 염원인 게다.

'TV 진품 명품'을 시청할 때면 혹시나 연적이 나오지 않을까 기대를 하게 된다. 오늘 오랜만에 연적 한 점이 나왔다. 맑은 청색의 해태모형연적이다. 몸집이 작고 문양이 매우 정교하였다. 그것을 가지고 나온 예순 넘어 보이는 남자는 열한 살 때부터 보관해온, 선친이 쓰시던 것이라 했다. 빼어나게 아름다운 연적을 가진 그분이 많이 부러웠고, 돌아가신 아버님이 쓰시던 것이라 하여서 더욱 부러웠다.

집안에 대대로 전해져 내려오는 보물, 애석하게도 우리집안에 그런 보물은 없다. 전해져 내려온 것은 물론이거니와 이제부터라도 물려줄 만한 보물조차 없다는 것이다. 가진 게 참 많다고 '척' 하며 버리리라 가벼워지리라, 어쭙잖은 글을 쓴 적도 있건만 기실 나는 가진 게 없고 그래서 가난하다는 생각이 든다. 집안이 대대로 귀히 여겼고 우리부부가 소중히 간직하였으며, 내 아이들이 두 손으로 받아들 그 무엇이 존재하지 않는다는 것이 참 많이 아쉽다.

무엇이 있었을까. 무엇이 있을까. 부富도 명예도 가지지 못한 농부의 아들과 딸이 우리부부이다. 그러니 청자 백자가 있을 리 없고 매화도梅花圖 한 점 있을 까닭이 없으며, 역사적 의미와 민족정신이 담긴 고서나 고미술품이 없는 것은 당연하다 여긴다. 안타까운 것은, 할머니가 쓰시던 손때 묻은 반짇고리나 할아버지의 긴 담뱃대 하나 간직하지 못했다는 점이다. 하물며 부모님의 체취가 배어있는 호미자루 한 개 남아있지 않음에랴.

아이들에게 무엇을 전해줄까. 집안을 곰곰이 살펴본다. 책이 제일 많다. 언젠가 옛 물건들 파는 가게에서 산, 내 유년의 집 문간방 들창문을 꼭 빼닮은, 무쇠문고리가 달린 문짝하나가 있다. 그리고 수석 몇 점이 있다. 하지만 "이것은 이러저러한 내력이나 정신이 담긴 귀한 것이니라."라고 물려줄 만한 것은 아니라는 생각이다.

보물은 없다. 나의 보물찾기는 이렇듯 싱겁게 그리고 무안하게 '없음'에 도달했다. 집안을 더듬어 보고 기억 속을 헤집어 보아도 보물은 없다. 마지막으로 금 같고 옥 같은 말씀 한 마디를 얻으려고 심연을 들여다보았으나 실패했다. 보물을 만들면 어떨까. 구체적이고 가시적인 그 무엇을 찾아서 내 목숨이 다하도록 지니고 만지며 공을 들이면 될까. 그게 단아하면서도 수려한 연꽃문양청자연적이면 오죽이나 좋으랴만 이미 틀린 것 같다. 그걸 얻는다 해도 내력이 없을 터이니.

오, 그나마 다행히도 내게 좀 특별한 인주함 하나가 있다. 두 번째 수필집이 나왔을 때 금속공예가인 고종사촌이 축하선물로 주었다. 재료는 청동에 철을 섞은 것이라 하였다. 한 변이 3cm쯤 되는 육면체의 몸집인데 아랫면보다 윗면이 조금 작다. 그러니까 옆면은 사다리꼴이 된다. 이슬방울 모양의 도톨도톨한 점으로 각각의 변을 두르고 여섯 개의 면에는 꽃문양을 촘촘하게 양각하였다. 코스모스 씨앗처럼 생긴 잠금장치의 장석을 재껴서 위로 열면 그 안에 담겨있는 붉은 인주가 보인다.

그 뚜껑 위에 한 여인이 앉아있다. 이를테면 인주함은 동상을 앉혀놓은 기단이 되는 셈이다. 함에서 여인의 정수리까지의 높이가 6cm정도밖에 안 된다. 작아서 더 예쁘다. 옛 여인이다. 쪽을 찐 머리에 단아한 한복 차림이다. 등을 곧추세우고 고개를 약간 쳐든 모양새가 사대부가의 안방마님 같다. 여인은 야무지고 당차 보인다. 뿐만 아니라 한쪽무릎을 세우고 두 손을 포개서 무릎 위에 살포시 얹은 자태에서 기품과 위엄이 느껴진다. 인주함은 권리를 행사할 때 사용하는 것이며, 그 위에 여인을 앉힌 것은 당당한 여성을 표상하는 것이라고 동생이 설명하였다. 인주함의 형태와 의미가 이럴진대 이것은 며느리나 딸의 것이 되겠지. 당당하고 지혜로운 여인, 아이가 그 참된 뜻을 깨우친다면 더할 나위없겠다.

또 하나, 내 아이들에게 그리고 내 아이들의 아이들에게 정신이 되고 힘이 될 금과옥조, 그것을 찾아야 한다. 세월이 아무리 흘러도 그 의미가 퇴색되지 않을 한 마디 말을 지금부터 찾아서 새기고 또 새길 참이다. 내게 남은 시간 그 말을 귀하디귀한 보물로 만들어서 아이들의 마음에 고이 얹어줄 것이다. 하여 나의 보물 만들기와 보물찾기는 끝난 게 아니라 시작된 것이다.

(2008. 대한문학)

살아있음을 노래하다

건물 뒤꼍에 화단이 있다. 거의 버려지다시피 한 화단이다. 미적효과를 목적으로 조성한 것이 아니라 조경법이 그러하여 나무 몇 그루를 심어놓은 것이다. 그게 놓인 위치가 건물 서편 뒤 깊숙한 곳이고 그 앞 공간이 주차장이어서 사람의 눈길도 발길도 별로 닿지 않는 곳이다.

말하자면 후미진 곳인데 그 위치보다 더 형편없는 것이 온갖 검불과 잡동사니들이 아무렇게나 널브러져 있다는 것이다. 그럼에도 불구하고 나무들은 목숨을 부지하고 있다. 인쇄물에 게재된 사진의 내용을 소개할 때처럼 말하면 이렇다. 왼쪽부터 몇 해 전 온몸이 벌레에 뒤덮여 목숨이 경각에 달했다가 시나브로 소생한 감나무, 그 옆에 단풍나무, 옆 식당에서 흘린 폐수에 말라죽은 찔레나무, 라일락, 맨 오른쪽 끝에 또 단풍나무가 있다.

봄이면 이 나무들에도 공평하게 새순이 돋는다. 감꽃이 피고나면 신통하게도 새파란 감들이 열리던 감나무는 이제 꽃도 열매도 잊어버리고 가느다란 가지에 여린 잎사귀를 내미는데 혼신을 다하며 오직 살아있음에 감사하고 있다. 그 옆 단풍나무는 그중 말짱한 편이다. 그리고 말라죽은 찔레나무, 봄이면 찔레꽃이 하얗게 피어서 유년의 동산으로 나를 데려가곤 했는데 삼 년째 꽃이 피지 않고 있다. 하여 자주 들여다보면서 언젠가 다시 그 눈물겹도록 하얀 꽃을 볼 수 있기를 고대하였다. 그런데 폐수웅덩이가 찔레나무를 뭉개버렸다. 단풍나무, 오른쪽 끝의 것은 이태 전인가 건물외벽 청소할 때 용역회사에서 무슨 약물인가를 써서 그 물을 덮어쓰는 바람에 마침 한창 초록인 잎사귀들이 누렇게 오그라들어서 목숨을 접었나 싶었다. 저나 나나 모진 게 목숨인지라 이듬해는 연초록 새잎을 내밀었고 가을에는 곱게 단풍도 들었다.

라일락이 빠졌구나. 그 향기로운 보랏빛 수수꽃다리, 사월이면 무더기무더기 피어서 그 향기를 누리에 아니 건물주위에 흩뿌린다. 사람들에게 여기 내가 있노라고 제 자태와 향기로 존재를 드러내면 건물의 사무실에 근무하는 여직원 몇이 없던 발걸음을 하여 꽃숭어리 몇 개씩을 꺾어가곤 한다. 이토록 척박한 곳에도 햇빛이 들고 바람이 있어서 이들이 목숨을 이어가고 있다. 건재하다 믿고 그렇게 말하고도 싶은데 그런 것 같지는 않고 다만 살아있다. 살아있음을 잎으로, 꽃으로 노래한다.

그만한 관심이면 손바닥만 한 화단의 환경을 바꾸어줄 수도 있을 텐데 대체 진정성이 있기는 한가. 말은 하되 행동은 하지 않는, 세상 모든 곤란한 일들로부터 한 걸음 비켜서는 평소의 태도 그대로이다. 그래도 몇 마디 변명을 하자면 이렇다. 화자는 건물의 가장 작은 공간의 세입자다. 그럴 권한이 없다. 건물주에게 이 나무들의 처우를 개선해주자고 건의할 용기도 없다. 그저 안타까워하면서 비바람, 눈보라, 도시의 온갖 먼지를 뒤집어쓰고도 나무들이 살아있음을 경이로워한다. 그 살아있음을 기뻐한다.

그냥 내버려두고 살아있음을 기꺼워한다니, 민망하다. 더 잘 살 수 있게 도와줄 힘이 내게 정말 없다는 것인가, 부끄럽다. 몇 그루의 나무에게 약속한다. 선 자리에 그대로 둘지라도 감나무여, 단풍나무여, 라일락이여 그리고 죽은 찔레나무여 밑자리를 살펴 주리다. 돌밭을 다듬어 옥토를 만들어주겠다는 그런 거창한 일이 아니다. 매우 사소한 일이다.

말라죽은 잔해들을 정리하고, 이러 저리 뒤덮인 삭정이들을 걷어내고, 아무렇게나 내던져진 스티로폼 조각 따위의 쓰레기들을 치우면 얼추 되겠다. 오래 전 시골 장에서 오로지 옛정에 이끌리어 사다놓은 호미를 꺼내자. 호미로 흙을 뒤집어 숨 쉬게 해주고 울퉁불퉁한 지면을 고르게 해야겠다. 거기다가 거름을 좀 덮어주면 더 좋겠지. 마음만 먹으면 당장 내일이라도 할 수 있는 일이다. 여기까지가 생각이다. 그나마 뭐라도 해야겠다고 생각한 건 가뜩이나 볼품없는 화단을 폐수가 완전히 망쳐놓았기 때문이다.

매우 사소한 일이며 내일이라도 할 수 있는 일을 차일피일 열흘이나 미루다가 성화에 못이긴 남편이 대신했다. 나는 그저 옆에서 거들다가 오른쪽 엄지만 다쳤다. 언제나 사유가 앞서고 행위는 못 미친다. 겉보기에는 손댄 티도 안 나지만 나는 기뻐하며 내년 봄을 기다린다. 뿌리만 남은 찔레나무에서 하얀 꽃이 피기를, 웅덩이 때문에 45도 각도로 기운 라일락에도 보랏빛 꽃이 피어나기를. 그리하여 나무들과 꽃들, 새들과 내가 함께 살아가기를 희망한다. 살아있음은 그 자체로 충만하며 생명은 그것이 생명인 것만으로도 숭고한 것이려니.

(2012. 계간수필)

사막에서 버티기

그 여자는 키가 작다. 150cm나 될까한 작은 키에 오동통하다. 부스스한 파마머리에 새까맣게 그을린 얼굴이지만 맑고 큰 눈이 빛나고 있어 예쁘다는 느낌을 갖게 한다. 사시사철 입고 있는 짙은 녹색 앞치마에는 노란 몸과 까만 눈, 갈색 귀를 가진 헝겊 곰이 아플리케로 붙어있다. 곰도 예쁘다. 여자와 곰은 닮았다.

그 여자는 동구시장 한 모퉁이에서 야채노점을 하고 있다. 이불가게, 양품점, 그릇가게 등 불빛 환한 점포들 앞에서 길게 좌판을 늘어놓고 야채를 다듬고 있는 그 여자의 이름은 그냥 '훈'이네이다. 얼핏 거칠어 보이지만 함빡 웃으며 물건을 팔 때 보면 귀여운 구석이 많다. 그의 꿈은 버젓한 점포 하나 마련해서 이불가게 주인처럼 수북이 쌓인 물건들 가운데에 떡하니 버티고 앉는 것이다.

그 여자는 열아홉 살에 한 조그만 우유대리점에서 경리 겸

허드렛일을 하였는데 거기에서 한 남자를 만났다. 남자는 텔레비전에서나 볼 수 있는 잘생긴 얼굴에 키도 컸다. 삼 년을 함께 일하면서 여자는 남자의 마음을 얻어냈다. "그들은 결혼을 해서 오래오래 행복하게 살았다." 이렇게 동화처럼 말했으면 좋겠다.

어느 해 겨울, 시장 한켠에서 배추 몇 단, 무 여남은 개를 앞에 놓고 갓난아기에게 젖을 물리고 있는 여자를 처음 만났다. 워낙 추운 날이라 포대기와 옷가지로 둘러싸고 덮은 아기도 젊디젊은 엄마도 시퍼렇게 얼어있었다. 그 정경은 눈물겨운 것이었으나 좌판은 점점 길어졌고 훈이도 통통하니 살이 올랐다. 내가 좌판과 마주 앉는 횟수가 많아지면서 여자의 계면조 푸념을 듣다보니 그들의 내력을 한 줄에 꿰게 되었다. 오늘 또 그 여자를 찾아가는 것이다.

가뭄 끝에 단비가 내렸다. '시절이 하 수상하여' 쩍쩍 갈라진 가슴을 단비가 촉촉하게 적셔주었다. "해물파전에 소주 한 잔!" 비 오는 날이면 어김없이 날아드는 남편의 한 마디다. 나쁘지 않았다. 파전은 나보다 남편이 더 잘 부친다. 조금만 거들면 맛있는 파전을 먹을 수 있는데 왜 마다하겠는가. 시장에 가자. 가늘고 싱싱한 쪽파와 보드라운 부추를 사자.

어물전에 들러 오징어 두 마리를 사들고 그에게로 발걸음을 옮기니 왁자지껄하다. 두 남자가 탁한 목소리로 욕설을 주고받고 서로 삿대질을 하더니 급기야 멱살잡이를 한다. 밀고 당기던 끝에 한 남자가 나가떨어져 좌판 위에 엎어진다. 남자와 좌판이 함께 무너지면서 소쿠리에 담겼던 고구마와 감자 따위가 와르르 쏟아진다. 두 주먹 불끈 쥐고 사태를 지켜보던 여자의 눈에 순간 불꽃이 튀는가했더니, 외마디 고함과 함께 총알처럼 날아서 덩치 큰 상대편 남자의 배를 머리로 세게 떠받는 것이다. 덩치가 산만한 남자도 그 조그만 여자는 어쩔 수 없는 듯 뒤로 한두 발짝 물러선다. 얼결에 한쪽으로 비칠비칠 밀려나있는 여자의 남편은 깡마른 체구에 병색이 완연한 얼굴이다. 남편이 신부전증을 앓고 있어 이태 전부터 집에서 쉰다고 들었었다. 오늘은 무슨 일로 나와서 이리 봉변을 당하는가.

이웃들이 뜯어말려서 싸움은 끝이 났지만 여자의 턱은 가쁜 숨으로 한참을 더 오르락내리락 한다. 난전에서 자리다툼은 흔히 있는 일이다. 오늘도 그 덩치 큰 남자가 새로이 운동화좌판을 벌여서 아침부터 티격태격하다가 결국 사단이 난 것이다. 여자의 남편은 모자를 푹 눌러쓴 채 흩어진 야채들을 챙기고 운동화노점 남자는 운동화들 옆에 쭈그리고 앉아서 연신 담배연기를 뿜어댄다.

사태가 진정된 것 같아 좌판 앞에 마주 앉으면서 "같이 살아야지…" 조심스레 한 마디 건네니 여자가 뜨악한 눈으로 나를 올려다본다. 그리고 금방 굵은 눈물 한 방울을 뚝 떨어뜨린다. 미안하다. 여자의 손을 꼭 잡아주고는 감자 한 소쿠리를 챙겨서 값을 치르며 "또 올게요." 인사를 한다.

누가 말했던가, 삶은 사막에서 버티기라고. 그 버티기에서 밀려날까 두려워 여자의 남편은 벽처럼 완강한 이웃 남자 앞에 맹렬히 일어났으나 밀리고 말았다. 일곱 살, 네 살, 두 아들의 젊은 엄마는 허약한 남편을 위해 온몸으로 막아섰다. 운동화 노점을 벌인 남자도 가해자는 아니다. 그에게도 그럴 수밖에 없는 절박함이 있을 터이다. 건실한 직장을 다니다가 해고당했을 수도 있고 사업을 하다가 길바닥으로 내몰렸을 수도 있다.

비 걷힌 하늘을 올려다본다. 잔뜩 흐리다. 내가 뭘 안다고, 여자가 얼마나 절실한지, 장터에서 버티는 게 무엇인지 어찌 짐작이나 한다고. 아니야, 나도 알아. 나도 많이 힘들거든, 한 세상 살아내기는 누구에게나 지독하게 숨찬 일이거든. 그러니, 훈이네 이 사막에서 우리 함께 버텨요. 혼잣말을 하며 저 물녘의 시장골목을 걸어 나온다.

남편이 봉지 두 개를 들여다보더니 "쪽파는?" 한다. "그렇게 됐어요." 대답하는데 시린 바람 한 가닥 가슴을 지나간다.

(2009. 에세이21)

하루

신천에 잔물결이 이는 건 바람이 부드러워졌다는 얘기다. 도로 왼쪽 옹벽에 겨우내 들러붙어있던 줄장미 덩굴과 담쟁이 덩굴에 언뜻 연둣빛이 보이는 것도 같다. 강 건너 '냇가의 수양버들' 늘어진 가지에 눈뜨기 시작한 잎눈들이 만들어냈을 푸른 기가 느껴진다.

오리들의 몸놀림, 백로들의 날갯짓도 편안해 보인다. 신천을 끼고 출근을 하고 퇴근을 한다. 이따금 텔레비전 화면으로 보여주는 '수달이 사는' 맑고 푸른 신천은 그 색감부터가 몹시 과장된 것이어서 헛웃음이 나올 지경이지만 그래도 도시에 살면서 흐르는 강물을 아침저녁으로 보고, 밤에는 창문을 통해 가로등불빛에 물든 강을 내다볼 수 있는 건 퍽 고마운 일이다.

라디오에서 흘러나오는 음악을 들으며, 간간히 다루어지는 문학작품들(오늘은 근원의 「두꺼비 연적」이다. 반갑다.)에 대한 진행자의 해설을 들으며 출근을 한다. 그 시간이 늘 짧지만 내게는 아침을 열어주는 햇살처럼 상쾌하다. 두통에 시달리다 깨어난 아침이면 머리도 몸도 천근이지만 신천을 지나면서 나는 다시 살아난다. 그리고 하루 일을 거뜬히 해낸다.

햇살이 더 가까워지면 장미덩굴에 새잎이 돋아나고 담쟁이가 옹벽에 새 옷을 입힐 테고 장미가 흐드러지게 피어나서 옹벽을 온통 빨갛게 물들일 것이다. 그때쯤이면 장미꽃들 사이에 찔레꽃도 무더기로 피어서 나를 유년의 들녘으로 데려가곤 한다. 배롱나무에서 백일홍이 분홍빛깔로 오래 웃어대고, 꽃잎을 활짝 열고 길섶에 서 있는 색색의 접시꽃들도 눈을 떼지 못하게 한다. 철따라 온갖 꽃들이 연이어 피고 잇달아 지는 그 신천을 하얀 새, 까만 새들이 날아다닌다.

사람들, 자동차들이 그 곁을 기뻐하면서 혹은 슬퍼하면서 지나가고 있다. 어느 날은 신천이 밤새 몸을 씻어서 맑게 흐르고, 또 다른 날에는 도저히 볼 수 없을 만큼 많은 부유물을 보에 가득 담은 채 몸살을 앓으며 드러누워 있다. 신천은 자연이었으되 사람들이 인공으로 물을 갈아 넣는 시스템으로 만들었다. 모르겠다. 그게 어찌 더 좋다는 것인지.

무릇 인간의 생애가 그렇지 아니한가. 맑고 흐리며, 생동감이 넘치다가 좌절하고 절망하지 않는가. 신천이 나를 닮았고 우리를 닮았다. 이런 '나'와 저런 '나' 가 다 '나'일 터, 내가 나를 버릴 수는 없으리니. 신천이 맑을 때는 덩달아 기분이 좋고, 악취가 날 때는 몸도 마음도 우중충하니 무겁다. 동고동락, 이 강이 점점 좋아진다. 건너편 가로수에 야무지게 축조한

까맣고 둥근 까치집들을 하나 둘, 여섯 일곱, 세며 출근을 한
다.

　퇴근이다. 택시에 지친 몸을 부려놓는다. "신천동로로 가
주세요" "여부가 있겠습니까." 긴 숨을 천천히 소리 나지 않게
토해낸다. 그러고 나면 얼마간 피로가 가신다. 기사가 말을 시
작한다. "천한 직업이지요." 너무 고단해서 대꾸하고 싶지가
않지만 말의 내용이 이런 것이면 무시할 수가 없게 된다. 왜
그렇게 생각하느냐고 물어보니 자기는 마부이며 인력거꾼이
라는 대답이 돌아온다. 세상에 많고 많은 서비스업 중의 하나
이며 기사님은 '프로'라고 내가 말을 보낸다.
　아니요, 옛날 사대부는 아직도 고위관리로 군림하고 있으며
마부는 택시기사로 이름만 바뀌어 길바닥을 누빈다고 그가 말
한다. 할 말을 찾지 못하겠다. 난감하다. 이쯤에서 그만두고
싶다. 고단하지 않은 생애가 있을까. 신귀족주의란 말이 회자
되고, 권력과 금력이 지배하는 세태지만 어쩌겠는가, 나름대
로 살아갈밖에. 가로등불빛이 자동차들과 사람들 나무와 신천
을 비추고 있다.
　내 자식도 나처럼 가난할 수밖에 없다고 그가 또 침묵을 깨
기에 "그건 패배주의예요." 낮지만 단호하게 되쏘아준다. 그
가 모르는 소리 말라고 반박하는데, "도요토미 히데요시도 마
부였어요."란 말이 나와 버린다. 정말 뜬금없다. 그 기분 나쁜
이름이 이 대목에서 왜 튀어나온 것인가. 그래서 어쩌라고?

그의 표정이 아마 그럴 것이다. 내 말은 그런 식으로 자신을 비하하면 우리는 '희망'이란 말을 대체 어떻게 설명하고 받아들여야하는가, 인데 더는 말할 수가 없다. 슬슬 짜증이 난다. 잊었던 두통이 막 지끈거리기 시작하는데 차가 멎는다. 그의 고단함이 내 고단함에 얹혀서 따라 내린다.

화장대 위에 있는 휴대폰을 연다. 부재중 전화가 여섯 통 문자가 세 통 와 있다. 줄도 없는 전화기 저편에서 상대방이 소통이 안돼서 답답했겠다. 밤이고, 저녁밥을 먹어야하고 쉬어야한다. 내일 전화하겠노라고 한 사람에게 문자를 남기고, 나머지는 꿀꺽 삼켜버린다. 이제 겨우 일을 마쳤는데 바깥으로 연결된 긴 줄을 다시 잡고 싶지 않아서다. 지금은 내 시간이다.

설거지를 하고 빨래를 개키고 씻고 잠옷을 입는다. 책 몇 쪽 읽을 시간이 남아있다. 침대에 누워서 독서등을 켜고 아프가니스탄 출신 작가가 쓴 아프가니스탄이 배경인 소설『연을 쫓는 아이들』을 읽는다. 이 나라는 왜 이다지도 처절하게 아픈가. 읽기는 하되 그 아픔을 나는 어쩌지 못한다. 독서등을 끈다. 내 잠든 사이 신께서 하루를 접으시리니.

(2012. 한국산문)

그가 내게 사무치다

비가 많이 내린다. 바람이 세차다. 하필 이런 날씨에 제주에
왔다. 가까스로 이중섭 미술관에 닿으니 오후 다섯 시다. 마음
이 바쁘다. 매표소가 있는 곳이 대개는 오후 여섯 시에 문을
닫는 걸로 알고 있었기 때문이다. 미술관으로 나있는 돌담길
을 걷는데 급한 중에도 날씨가 무척 서정적이란 생각이 든다.
바람 불고 비 내려 때아니게 서늘하지만 불멸의 예술가를 찾
아가는 날의 날씨가 평범하면 정감이 덜할 것 같아서다. '화가
이중섭과 가족이 거주하던 곳'이란 안내판이 붙은 초가집을
얼른 지나친다. 나오면서 둘러 볼 생각이다.

「흰 소」를 비롯한 화가의 낯익은 작품들이 전시되어 있다.
하지만 대부분 복제품이거나 사진이고 진본은 몇 점 안된다고
한다. 그래서인지 오히려 제주생활을 그린 은박지화, 연필화
들이 더 친근하게 느껴진다. 그의 가난이, 그의 외로움이 그
소품들에 잔뜩 배어있다는 느낌이 온다. 그게 진품이든, 사진

이든 내겐 문제가 되지 않는다. 그를 느낄 수 있다는 사실이 중요하다.

연필로 그린 「자화상」 앞에 선다. 자화상은 매우 사실적이어서 마치 그와 눈을 마주치고 있는 것처럼 미세한 떨림이 온다. 화가의 깊은 눈빛이 가슴에 오래 머물 것 같다. 그를 바라보면서 고흐를 생각한다. 고흐의 「자화상」도 떠올린다. 상당히 다른 느낌이다. 하지만 이중섭을 바라보면서 고흐를 함께 바라볼 수 있는 건 두 사람이 다 몸서리쳐지게 가난했고, 미치도록 외로웠다는 것이다.

그의 아내 '남덕'이 쓴 편지 몇 점이 전시되어 있었다. 누렇게 바랜 편지지에 세로 펜글씨로 가득 채워진 그리움과 걱정을 천천히 읽는다. 오죽했겠는가, 기약도 없는 생이별이었으니. 오래 전에 화가와 그의 아내가 주고받은 애틋한 편지들을 책에서 읽었었다. 화가에 관한 책들을 몇 권 읽었고, 책에 게재된 그림들을 감상한 게 전부지만 나는 그에게 좀 별난 애정을 갖고 있었다. 남덕을 그리워하는 그의 마음이 하도 애처로워서 한동안 나도 가슴앓이를 했기 때문이다.

제주에는 처음 온 것이나 다름없다. 1970년대 초에 졸업여행을 왔었는데 그때 뭘 봤는지 기억도 잘 나지 않는다. 하여 제주, 이중섭, 을 뇌면서 왔다. 오늘 남덕의 편지를 다시 보니, 가장 노릇을 제대로 못해서 아내와 두 아들을 일본으로 보낼 수밖에 없었던 화가의 마음이 시공과 연緣을 뛰어넘어 내게 또다시 사무친다.

　기념품들을 둘러보다가 엽서묶음과 스케치연필을 좀 많이 샀다. 그의 대표작들이 인쇄된 엽서를 가지니 부자가 된 느낌이다. 죽기 전에 내가 하고 싶은 일 중에 맨 먼저 꼽는 일이 수채화그리기이다. 연필을 한 줌 가득 쥐고 보니 정말이지 낮은 산과 아담한 집들, 나무들과 꽃들을 그리고, 고운 물감으로 맑고 밝게 채색할 수 있지 않을까하는 근거 없는 자신감마저 생긴다.

　3층 유리문을 열고 테라스로 나와 눈앞에 펼쳐진 바다를 바라본다. 저것이 그 '섶섬'인가. 작품「섶섬이 보이는 서귀포 풍경」에서 보인 근경의 초가집들은 사라졌지만 섶섬과 푸른바다는 그대로이다. 쓸쓸한 날들에 그는 이 바다를 얼마나 오래 바라보았을 것인가. 그의 고뇌와 열정 그리고 절망을 생각한다.

　춥고 배고픈 날에 오히려 역동적인, 펄펄 살아서 튀어나갈 듯한「소」를 그리며 분노를 달래고, 가족과 아이들을 그리며 허기를 채우던 화가의 절절한 생애를 생각하며 미술관을 나온다. 어스름이 내리고 있다. 빗줄기가 더 굵어졌다. 하지만 이젠 느긋하다. 화가의 집을 들여다보아야지. 이엉이 단단한 두어 간 초옥을 낮은 돌담이 감싸고 있다. 마당 한켠에 덩그런 정자가 빈속을 휑하니 드러낸 채 서있고, 그루터기의자도 맨몸으로 비에 젖는다. 야윈 팔로 서 있는 나무 몇 그루도 함께 젖고 있다.

　흰 스웨터에 잿빛 치마를 입으신 할머니 한 분이 툇마루에 앉아계신다. "할머니 여기 사세요?" 대답이 없으시다. "방 좀 들여다봐도 돼요?” 역시 묵묵부답이다. 그저 멍하니 앞만 보신다. 말씀이 없으신 할머니 옆에 앉아서 나도 한참을 멍하니 앞만 바라보고 있다. 화가도 이 툇마루에 앉아서 자우룩한 비안개를 바라보았던 때가 있었을 것이다. 화가와 할머니와 내가 함께 앉아서 비에 젖는 풍경을 바라보는 상상을 해본다.

지금은 말끔하게 정돈되어 있지만 화가의 가족이 모처럼 오순도순 행복한 날들을 보낼 땐 가난이 덕지덕지 묻은 누옥이었을 터이다. 애옥살이일망정 이 집에서의 삶이 화가에게는 가장 행복했을 것이라고들 한다. 가족을 테마로, 바다와 게들과 천지난만하게 노는 아이들을 소재로 한 그림을 여러 점 남겼다.

세상을 위해 한 일이 없어서 먹을 수 없다며 거식증을 보였던 화가, 가족을 건사하지 못했다는 회한이 뼈에 사무쳤던 사람, 평생을 그림감옥에 자신을 유폐시켰던 한 남자, 그가 살았던 집을 나선다.

바지아랫단이 다 젖고 운동화 속이 질척거리는데 우산을 두들기는 빗소리는 여전하다.

(2012. 창작수필)

그의 얼굴은 아름답고 어깨는 가벼우리

청년이 커다란 배낭을 선반에 휙 던지듯이 올려놓더니 옆자리에 털썩 앉는다. 청년은 앉자마자 휴대폰을 꺼내 문자 누르기에 열중한다. 이어폰으로 음악을 듣고 문자로 누군가와 대화를 나누는 청년에게서 활기가 느껴진다. 청춘은 바쁘다. 그 젊음이 참 좋다. 그는 창 쪽에 앉은 나를 전혀 의식하지 않는 것 같다. 그에게서 눈을 거두어 창에다 바짝 들이대니 밖은 보이지 않고 내 두 눈이 나를 말똥말똥 들여다본다. 하릴없다, 잠이라도 청할밖에.

젊은 여성의 까칠한 목소리가 어쩌면 잠이 들 것도 같던 나를 깨운다. 뒷자리다. 혼자 떠들다 쉬다한다. 대꾸하는 말소리가 들리지 않는 걸 보니 전화를 하고 있는 게다. 내용을 알아듣기 어려운 사연이 길게 늘어지는데 목소리에 짜증이 잔뜩 묻어있다. 사람의 한살이가 칡과 등처럼 얽히고설키게 마련일 터, 짜증날 일이 왜 없겠는가. 하지만 밤기차다. 눈을 붙이고 싶은 사람이 적지 않을 텐데, 그녀의 높은 톤이 귀에 거슬린다.

빗줄기가 차창에 사선을 긋는다. 빗물은 유리창에 부딪쳐 무너지고 또 무너진다. 어디쯤인지 분간하기 어렵다. 소리도 들리지 않는 비가 무너지며 울어대는 밤, 홀로 객차에 앉은 내가 문득 처연하다. 비 묻은 마음에서 나를 건져내자. 자, 미지의 세계로 떠나자. 열차는 지금 국경을 넘고 있으며, 그 너머에 있을 미지의 땅이 나를 기다린다.

오, 그러나 곧 대전역에 도착한다는 방송이 나온다. 국경을 넘어서 미지의 세계로 가고 있던 나는 급정거한다. 확실한 현장감, 내 두 발은 여기 대전에 있고 곧 서울에 당도할 것이다. 청년이 움직이기 시작한다. 일어서고 짐칸에서 배낭을 내리고 통로를 성큼성큼 걸어간다. 동작이 크다. 승차할 때와 하차할 때의 움직임의 순서가 반대인 게 당연한데, 역으로 이어지는 그의 몸짓이 새삼스럽다. 올 때와 갈 땐 다른 것이지. 슬며시 웃으며 청년의 뒷모습을 바라본다. 어깨가 크고 늠름하다. 앞에 놓여있을 세파를 헤쳐 나가기에 충분할 만큼 그는 건장하다. 감당해야할 세상의 무게가 만만치 않겠지만, 제 등짐을 저 배낭처럼 잘 지고가리라 믿는다. 그에게, 세상 모든 젊은이들에게 갈채를!

그리고 나는 간다. 아니 열차는 간다. 냉방이 너무 잘 되어서 다리가 시리다. 이럴 때 요긴하게 쓸까 해서 넣어온 얇은 스웨터로 다리를 감싼다. 냉기가 가시고 다리가 따습다. 다리는 언제나 바람 끝을 싫어한다. 할머니와 어머니와 나의 산후병이다. 뼛속이 시려서 오래 전에 가신 할머니와 어머니를 기억해낸다. 잊어버리고 잘만 살다가 이따금 생각나는 가슴 저미도록 사랑했던 두 여인.

각각의 사람들이 각자의 볼일로 이 밤에 이동 중이다, 여기에서 저기로. 여기나 저기나 마찬가지인데. 마찬가지인 사람들을 마찬가지인 곳으로 데려간다고 기차는 호우경보 속을 달린다. 쿠루룩쿠루룩 드르륵드르륵 레일 위를 미끄러지는 바퀴의 마찰음이 크다. 시속 300km, 비는 이제 수평으로 내린다.

대전에서부터 옆자리에 앉은 중년남자가 코를 골기 시작한다. 약하게 시작한 코골기는 점점 커진다. '쿠르르렁' 굴 뚫는 소리, '프루루루' 바퀴 바람 빠지는 소리가 들숨날숨으로 장단을 맞춘다. 책장 넘기는 소리, 신문 뒤집는 소리, 부스럭거리는 소리들이 들린다. 간간이 기침소리도 들린다. 밤이 깊다. 사람들과 소리들에 마음이 옮겨 다니는 동안 처연했던 기분은 간데없고 야간열차가 퍽 낭만적이란 생각마저 든다. 또 슬몃 웃는다. 어딜 가고 있는지 잊어버린 게다. 딴은 잊는 것도 괜찮겠다.

우산을 받쳐도 옷이 다 젖는 빗속을 걸어서 나는 영혼을 멀리 떠나보낸 친구를 만나러간다. 그는 향기 자우룩한 국화꽃에 둘러싸인 사진틀 속에서 나를 맞이할 게다. 고통을 벗어난 그의 얼굴은 아름다우리. 무게를 내래놓은 그의 어깨는 가벼우리. 부풀어 오른 배는 꺼지고, 차고 있던 배설주머니는 떼어버리고, 파수꾼처럼 세워두었던 링거받침대와 느리게 떨어지던 그 링거주머니도 치워버렸겠다.

"그거면 된 거지? 괜찮은 거지?" 말을 건네면 그는 "그래 됐어, 괜찮아"라고 살짝 웃어줄 것 같다.

그와 마지막 밤을 보내고, 그를 바래다주고……. 나는 돌아가겠지. 낮 기차를 타고 부스럭거리는 사람들 속에 앉아서 차창을 내다보거나 쓸데없이 옆 사람을 흘끔거리고, 통화를 길게 하는 사람에게 신경을 곤두세우며 내 자리로 돌아가겠지.

내일은 날이 갠다고 한다.

(2011. 수필과 비평)

산사의 밤, 눈은 내리고

가을햇살이 법당 앞마당에 말갛게 고여 있다. 그 한켠에 빨간 고추와 껍질을 벗긴 도토리들이 가지런히 누워서 몸을 말리고 있다. 남쪽으로 앉은 법당과 ㄷ자를 이루면서 동쪽과 서쪽에 승방들이 마주보고 있었는데 서쪽 집이 없어지고 그 자리에 '설법전說法殿'이 들어서 있다. 오래전 서쪽 맨 끝 방에 한동안 머물렀었는데 서운하다. 마당귀에 있는 느티나무는 그동안 나이테를 많이 감아서 운치가 더해졌다.

큰절에서부터 한참을 걸었다. 정토교淨土橋를 밟으며 아득한 날의 나로 잠시 거슬러 올라갔다. 아침저녁 산책을 할 때 이 작은 돌다리를 지났었는데……. 암자로 이어진 숲길은 포장공사 중이어서 먼지가 일고 분주했다. 세월이 흘러서 나는 이만큼 변했는데 기억 속 어떤 장소는 늘 그대로 머물길 원하다니. 다행히도 울창한 나무들과 계곡을 흐르는 물소리, 숲속 어딘가에서 끊임없이 재잘거리는 새소리, 바람소리는 그때 그대로

이다.

서른 해도 더 지난 이야기다. 그 밤을 잊지 못한다. 관음전 뒤 솔숲이 밤새 울었다. 옆방에서는 숨넘어가는 기침소리가 간헐적으로 들렸다. 잠이 오지 않았다. 장지문이 흔들렸다. 문고리가 잘 끼워져 있는지 확인하면서도, 숲을 흔드는 바람의 거친 숨소리를 들으면서도, 나는 그 두려움을 내심 즐기고 있었다. 얼마나 꿈꾸어 온 일이었던가. 나만의 공간, 나 하나로 충만한 시간을 얼마나 간절히 원했던가. 스물셋, 그 나이에 왜 나는 그토록 혼자 있고 싶어 했던가. 무엇이 나를 산사로 이끌었던가.

산으로 가고 싶었다. 간절했다. 어디로 갈까 긴 생각에 잠겼었는데 불현듯 ○○암이 생각난 것이다. 언젠가 등산길에 잠간 들러서 돌확에 넘쳐흐르는 찬물로 마른 목을 적시고 툇마루에 앉아서 쉬어갔던 곳, 그래 거기다.

숲길을 타박타박 오래 걸었다. 책 몇 권과 옷가지들을 어설프게 꾸려서 한겨울에 땀을 뻘뻘 흘리며 암자에 도착했다. 주지스님을 찾아서 두어 달 쉬고 싶다고 말씀드렸더니 일언지하에 거절하며 날 저물기 전에 내려가라고 하셨다. 통사정하는 수밖에. 스님은 허허 웃으셨다.

젊은 여성이 혼자 오면 대개 사고가 난다는 것이었다. 무슨 일로 도망을 해서 이내 누군가가 뒤쫓아 와 한바탕 난리를 치던가, 세상을 비관해서 못할 짓을 한다는 것이다. 그런 일은 절대로 없을 것이라고, 너무 지쳐서 단지 쉬어가고 싶다고 애절하게 말씀드렸다. 주지스님은 미심쩍은 듯 한참을 바라보다가 "그래 믿어보자, 보기에는 참한 학생 같으니." 하시며 아래채의 방 하나를 내주셨다. 작은 방이었다. 바람벽의 사방연속 무늬 벽지는 문양이 희미할 만큼 빛이 바래었고 장판도 닦고 닦아서 닳아있었지만 아무 것도 놓이지 않아서인지 무척 정갈하였다. 방이 마음에 들어서 몇 가지 안 되는 짐을 정리하면서 나는 속으로 노래를 불렀다.

젊은 여승이 조용히 방문을 두드리더니 공양시간이니 위채로 오라고 하였다. 오후 다섯 시다. 공양이라는 말도 생소하였고 당장 스님들과 함께 식사를 하자니 너무 낯설다는 생각이 들어 올라오는 길에 밥을 먹었노라고 거짓말을 하였다. 산 속의 밤은 길었고 바람소리 때문에 잠을 못자니까 배가 고팠다. 거짓말한 것을 후회하였다. 숲을 쓸어갈 듯한 바람소리, 폐부를 찢는 것 같은 기침소리에 잠을 이룰 수가 없었고, 배가 고파서 조금 서글프고 혼자 있어서 약간 외로웠지만 나는 그 모든 것을 즐거워하고 행복해하였다.

살며시 방문을 열고 밖을 내다보니 희끗희끗 사선을 그으며 눈이 내리고 있었다. 산 속에서 맞는 첫 밤에 눈이 내리는 것이었다. 마당에 내려서서 두 팔을 벌리고 한껏 눈을 맞고 싶었다. 그 시간 우주에는 오직 나만이 존재했다. 아무도 없었고, 아무 것도 없었다. 마당으로 나가려고 문을 활짝 열었다. 순간 옆방의 기침소리가 바짝 가깝게 들리는 것이었다. 방문을 닫았고 기침소리에 마음을 쓰지 않으려 했다. 그럼에도 불구하고 슬퍼졌다. 그러니까 다시 슬퍼진 것이다.

내 어머니를 데려간 일곱 가지 지병 중 한 가지가 피를 쏟게 하는 기침이었다. 그 기침소리를 산 속에서 다시 듣게 되다니. 꾸역꾸역 올라오는 서러움을 도로 밀어 넣으려 안간힘을 썼다. 그러면서 밤은 지나가고 창호지가 희붐해졌다.

방문을 여니 온통 하얀 신천지였다. 눈 덮인 요사채는 기막힌 산수화였다. 그 아름다운 정경이라니, 지금도 눈에 선하다. 새벽예불에 참례하고 싶어서 하얀 눈 위에 첫발자국을 찍으며 법당으로 올라갔다. 네 분의 비구니들이 예불을 드리고 있었다. 기척도 없이 들어가 뒤편에 서서 부처님을 향해 깊은 목례를 하였다. 바닥은 양말을 신은 내게도 얼음장이었는데 스님들은 맨발이었다. 내 또래 젊은 여승의 ‘파르라니’ 깎은 머리를 보며 나는 형언할 수 없는 감동에 휩싸였다.

그즈음에 읽었던 헤르만헤세의 『싯다르타』가 생각났다. 진리에 대한 갈증 때문에 고뇌하던 젊은 청년, 마침내 사문의 길로 들어서던 그 싯다르타가 생각나서 잠시 눈물이 핑 돌았다. 아침 공양시간에 스님들의 면면을 보았다. 주지스님, 원주스님, 혜주스님, 정주스님 그리고 산을 내려올 때까지 한 번도 뵌 적 없는 내 옆방에서 밤새 기침을 하시던 노스님. 예불이 끝나고 낭랑한 음성으로 독경을 하며 종을 울리던 정주스님은 나와 동갑이었다. 무엇이 그를 산문에 들게 하였을까. 그 생각을 하며 밥을 먹는데 소금으로 절이기만 한 것 같은 시퍼런 배추김치가 자꾸 목에 걸렸다.

두어 달의 시간이 생겼을 때 산으로 가서 쉬고 싶었던 내 무의식의 심연에는 그러니까 청년 싯다르타가 존재했던 것이다. 갈증으로부터, 욕망으로부터, 기쁨과 슬픔으로부터 벗어나기 위해 길을 떠나고 그 길에서 무한히 괴로워하고 무한히 참아내며 마침내 죄인들 속에서 부처를 발견하는 싯다르타가 그즈음 내 가슴을 채우고 있었던 것이다. 정주스님, 혜주스님에게서 나는 싯다르타의 모습을 보았다. 그 모습은 나를 아프게 했고 또 기쁘게 했다. 두어 달 뒤 나는 저자거리로 내려와서 출근을 하였다. 세상에 섞여 살면서 나이가 들었고 그만큼의 때가 끼었다.

오늘 아주 오랜만에 다시 암자를 찾았다. 맑은 물이 넘쳐나던 돌확은 비어있고 대신 수도꼭지 하나가 서있다. 볕이 한나절 앉았다 가던 툇마루에도 유리문이 끼워져 있고, 주지스님께서 청년 두 명이 공부하고 있다며 얼씬도 말라던 느티나무 뒤 승방은 굳게 잠겨져있다. 세월이 암자를 훑어가고 나를 지나갔다. 하지만 뒷산 숲을 지나는 바람소리와 연신 재잘거리는 새소리는 그대로다. 그 속에서 나이든 내가 젊었던 나를 흑백영상으로 아름다이 떠올린다.

(2008. 월간불교)

4부

집으로 가는 길

꽃무늬 벽지가 있던 집,
그 고운 꽃무늬 천장으로 밤이면 쥐들이
이쪽 끝에서 저쪽 끝으로 달리기를 하던 집,
쥐들의 발소리가 하도 커서
저러다 천장이 찢어져 그것들이
얼굴로 쏟아질까 무서워 잠을 설치기도 했던
그 집이 그립다.

길·4

금호강물은 낮아서 바닥을 내보였고 강변의 갈대는 허옇게 무성했다. 눈발이 하나씩 보이나 했더니 갑자기 자우룩하니 밀도가 높아졌다. 눈이 많이 내리는 날 길을 떠난다. 산기슭까지 내려왔던 봄을 꽃샘바람이 다시 산속으로 쫓아 보냈다. 시야를 하얗게 가리는 눈이 길 떠난 사람에게 약간의 불안을 떠안기기는 하지만 한 해나 더 있어야 만날 것이어서 귀히 여기며 내다본다.

눈은 멈췄다 일순 먼지처럼 부옇게 일어나기를 거듭한다. 길이 몹시 거칠다. 88고속도로, 그 이름이 몹시 민망하다. 자동차바퀴는 재채기하듯 기침하듯 정신없이 쿨렁거린다. 눈보다 이게 더 불안하다. 눈앞에 다가오는 길을 바라보니 흥부의 적삼처럼 누더기다. 관계자들을 맹비난하면서 자동차는 간다. 길이란 어떻게든 가야 하는 게다. 합천터널을 지나고부터 길이 좀 나아졌다. 휴, 땜질한 냄비 같고 각설이의 저고리 같은 길은 얼추 통과한 것 같다.

왕복이차선고속도로는 그러나 여전히 고속도로의 풍모를 제대로 갖추지 못한 채 끊임없이 경고만 해댄다. 구석구석에 빨갛고 노란 경고판을 세워놓았다. 제한속도, 과속주의, 갓길 없어짐, 졸음주의 등등을 내비게이션 여자는 지치지도 않고 재잘거린다. 거듭되는 경고판들을 지나치고, 그쳤다 내렸다를 반복하는 눈 속을 차는 달린다. 눈으론 경고판을 읽고 귀로는 내비게이션의 말을 들으며 나도 때맞춰 잔소리를 보탠다. "속도 줄여요." "갓길 없어지네요." 긴장감이 고조되면서 말의 강도가 세어진다. "거 참! 밖이나 보소." 남편의 말에 짜증이 얹힌다.

그래 풍경을 감상하며 편안하게 가자. 도로 탓 그만하자. 문득 "느리게 가면 더 많은 것을 더 자세히 볼 수 있다."는 말이 생각난다. 아직 푸르지 않지만 곧 푸르게 될 산들을 내다본다. 나무들은 산을 붙잡고 산은 나무들을 껴안고 겨울을 보냈구나. 산은 늘 거기에 있고 길도 언제나 그 사이로 나 있다는 불변의 진실이 위안이 된다. 내가 어디에 있든 산과 들판과 길은 항구하게 그 자리에 있다. 나는 지나간다. 그 길이 어떠하든 지나가야 한다. 그게 길 떠난 자의 속성이다. 어딘가에 도착해야하고 또 떠나야하는.

함양터널, 그래 언제나 터널이 있었지. 어둠침침하고 밖이 보이지 않고 출구가 좀처럼 나오지 않는 터널. 그러나 그건 터널에게 뒤집어씌운 나쁜 이미지다. 지금 지나고 있는 터널은 전등불빛으로 훤하게 밝고, 차선을 선명하게 그려놓았으며, 모두들 적어도 시속 80km 이상으로 달리고 있으므로 금방 출구를 보게 된다. 터널에게 덧씌운 컴컴한 동굴의 이미지를 벗겨라. 사람의 한살이에서 숙명적으로 거쳐야하는 터널들도 이 터널들을 본으로 삼아야지. 터널은 길지 않다. 그러니 곧 끝난다. 다만 조금 신중하게 지나가라. 그 속에서 다른 욕심은 내지마라. 조금 빨리 벗어나려고 조급하게 차선을 바꾸면 동티가 난다.

부귀터널, 소양터널, 정말이지 터널이 많다. 옛날처럼 고개 고개 넘지 않고 곳곳에 굴을 파서 우리는 최대한 직선으로 달린다. 우리네 삶이 빨리 가지 않고는 안 되게 되어버렸다. 양쪽에 낮은 산들이 보이고 그 기슭에 터를 잡은 촌락도 보인다. 그곳이 어디든 사람들이 살고 있어 또한 위안이 된다. 대지가 있고 하늘이 열려있으며 길이 있으면 다 사람 사는 곳이 된다.

햇살과 눈과 터널, 오르막내리막과 급커브 그리고 거듭되는 경고판들이 길에 있다. 어딘가에 닿기 위해 그 길을 간다. 길은 그게 아무리 험하다할지라도 언제나 희망을 내포하고 있다. '전주' 이정표가 나오고 고속도로 출구가 보인다. 전주다. 낯선 도시 전주, 그 이름이 고전적이고 격조 높다. 아시다시피 유구한 역사를 지닌 도시가 아닌가. 낯설지만 낯설지 않은 우리 모두가 태어나서 자란 마을 같지 않은가.

좌회전, 우회전, 직진, 유턴을 몇 번인가 거치니 저만치 아들이 서서 손을 흔든다. 전주에서 인생의 한 고리를 꿰기 시작한 아이가 밝게 웃는다. 먼 길, 쉽지 않은 길을 걸어서 이제 그 길 위에 굳건히 두 발을 디딘 아이를 만난다. 길은 어디에나 있고 모든 길은 서로 닿아있다. 길은 결코 끊어지지 않으며 길이 있는 한 희망도 있는 것이다. 하여 그 길이 어떻게 놓여 있든, 그 길에서 만나게 될 것들이 무엇이든 기꺼이 걸어 가야 하는 것이다.

(2012. 창작수필)

집으로 가는 길

가만히 누워서 천장을 바라보고 있다. 아이보리색이다. 자잘한 꽃무늬가 있는 것인데 누워서 보니 그것이 바탕색과 구별되지 않아서 밋밋한 것이 영 재미가 없고 심심하기 짝이 없다.

옛날 우리 집 천장의 그 사방연속무늬를 생각한다. 붉고 푸른 꽃들과 선으로 이루어진 촌스런 천장지는 아무리 오래 바라보아도 심심하지 않았다. 그런 꽃무늬 벽지가 있던 집, 그 고운 꽃무늬 천장으로 밤이면 쥐들이 이쪽 끝에서 저쪽 끝으로 달리기를 하던 집, 쥐들의 발소리가 하도 커서 저러다 천장이 찢어져 그것들이 얼굴로 쏟아질까 무서워 잠을 설치기도 했던 그 집이 그립다.

그 집으로 가는 길을 모른다. 아니 그 집도 거기로 가는 길도 사라진 지 오래되었다. 오직 기억이란 길이 있을 뿐이다. 그 길을 걸어서 옛집으로 가고 싶다. 집은 이러저러한 형태를 가진 구조물이며 동시에 온갖 소리와 삶의 양상들로 가득 채워진 무형의 내용물이기도 하다. 열한 살, 여덟 살, 다섯 살의 내가 걸어간다. 기억이란 본시 거슬러 올라가는 것이다. 아무 데서나 끊어지고 또 아무 때나 이어지는 길을 내가 타박타박 걸어간다.

할아버지는 사랑방에 내내 누워계셨다. 참으로 길고 더운 여름이었다. 열한 살, 내 손힘이 할아버지의 야윈 몸에 맞춤맞았던 것이다. 다리를 주물러드리고 부채를 부쳐드리는 것이 그 여름에 내가 해야만 하는 일이었다. 할아버지의 가쁜 숨소리도 무서웠고, 그 가쁜 숨소리마저 멈춘 듯 들리지 않을 때는 기절할 만큼 무서웠다. 엄마에게 대놓고 짜증을 냈지만 할아버지께만 드리는 사카린을 탄 찹쌀 미숫가루를 조금씩이나마 얻어먹는 특혜를 누리는 건 썩 괜찮았다.

삼복더위에 할아버지가 돌아가셨다. 엄마와 고모들이 머리를 풀고 곡을 하였다. 짜증을 많이 낸 것이 마음에 걸려 "할부지, 잘못했어예."라고 속으로 빌었는데 눈물이 나오더니 자꾸 흘러내렸다. 사랑방에 빈소가 차려졌다. 엄마는 언니들을 두고 유독 나에게 그 방 청소를 시켰다. "할부지는 니를 젤로 이뻐하셨다." 엄마의 말이었다. 한지를 하얗게 바른 빈소의 제단 위에 놓인, 갓을 쓰신 할아버지의 사진을 나는 애써 외면하였다. 팔을 쭉 펴고 엉덩이를 뒤로 뺀 채 걸레를 휙휙 휘둘러서 청소를 대충 마치고 튀듯이 안채로 돌아왔고 그때마다 엄마는 나를 쥐어박았다.

날아가는 기와집(내가 보기에는)이었다. 위채의 큰방을 육남매가 함께 썼다. 우당탕 소리가 끊이질 않았고 밤에는 서로 방문 앞에 눕지 않겠다고 밀고 밀치고 하였다. 그도 그럴 것이 여우니 늑대니 하는 짐승이 앞거름(동네 앞에 있는 산)을 내려오는 걸 보았다는 사람이 있었고, 이슥한 밤에 누구네 집 마당에 늑대가 들어왔는데 눈에서 불이 번뜩이더란 말들이 '전설의 고향' 속 이야기처럼 떠돌아다니곤 했기 때문이다.

우리 집 대문에, 안골목 담벼락에 허옇게 붙어있었던 '혁명 공약'을 뜻도 모른 채 종알종알 외우고 다녔다. 꼬맹이 걸음으로는 아득히 먼 길을 걸어서 학교에 다녀오면 방바닥에 팍 엎어져서 연필에 침을 묻혀가며 공책의 네모 칸에 "영희야 놀자" "바둑아 이리와"를 빼곡히 써 넣었다. '복숭아꽃 살구꽃' 피는 동네에서 여덟 살의 나는 그렇게 숙제를 하고 동무들과 고무줄뛰기를 하며 놀았다.

대청을 사이에 두고 있는 건넌방에는 내가 울기만 하면 고함을 빽 질렀던 아버지가 누워 계셨다. 나중에 나는 소리를 내지 않고 훌쩍이기만 하는 요령을 스스로 터득했다. 하얀 옷을 입은 노인이 아버지를 치료하러 왔을 때 둘러앉은 어른들 어깨사이로 훔쳐 본 아버지의 마지막 모습이 희미한 실루엣으로 남아있다. 다섯 살 때였다. 대청마루에 걸린 사진틀에서 신사복을 입은 아버지의 사진을 고개 아프도록 쳐다보면서 익힌 얼굴이, 어른들께 들은 일화들과 재구성되어서 내게 '아버지'

로 남아있는 것이다. 그렇게라도 아버지를 기억할 수 있으니 생각해보면 기억만큼 소중한 것도 없을 성싶다.

기억이란 길을 걸어서 이른 옛집에는 그리움과 아픔이 함께 살고 있었다. 그 집은 내가 잃어버린 공간이며 동시에 시간이기도 하다. 육친과의 사별은 가슴에 날카로운 빗금을 그었지만 워낙 시끌벅적 사느라 그때는 정작 아픔인 줄도 몰랐다. 하여 집으로 가는 길에서 만난 열한 살, 여덟 살, 다섯 살의 나는 그늘 없이 맑은 얼굴을 하고 있었다. 산과 들, 나무들과 꽃들, 새들과 나비들이 나의 배경이었다. 그 집에 살았을 때보다 내가 더 어여뻤던 적은 없었던 것 같다. 그러니 또한 '나'를 잃어버린 것이다. 그 시간과 공간 그리고 그때의 나는 영원히 복원되지 못한다.

도회지풍의 세련된 천장을 바라보면서 쥐 오줌으로 얼룩져 있던 사방연속무늬의 천장을 생각한다. 하릴없다.

(2008. 에세이스트)

3지구 5단지

비안개 자우룩하다. 비에 젖은 나무냄새가 하도 짙어서 어디로 가고 있는지도 잊은 채 그 향기에 취해서 걷는다. 한 아름 안고 있는 소국에도 빗방울이 송송 맺혀있다. 갈참나무숲 사이로 난 오솔길을 젖은 낙엽을 밟으며 걷는다. 우산은 크고 무겁다. 빗줄기도 세차다. 숨이 차다.

3지구 5단지, 푯말이 보인다. 바로 옆의 3지구 6단지를 가리키는 푯말에는 왼쪽으로 굽은 화살표가 그려져 있다. 대체 몇 지구, 몇 단지까지 있다는 말인가. 이십 년을 다녔어도 전체를 가늠하지 못한다.

이런 날 길을 나선 건 무슨 고집인가. 비는 예보되어 있었고 아침부터 하늘은 몹시 무거워 보였다. 몸이 찌뿌듯하여 자리에 누웠다. 한 시간쯤을 뒤척이다가 벌떡 일어났다. 남편을 부추겨 길을 나서기로 하였다. 부산했다. 과일이랑 안주 술을 챙기고, 꽃시장에 가서 갖가지 색깔의 소국을 두 팔 가득 안을 만큼 많이 샀다. 나는 송이가 자잘한 소국을 좋아한다. 꽃의 빛깔도 되도록 고운 것을 고른다. 고운 꽃을 많이 바치고 싶다.

앞이 안 보일 정도로 비가 내렸다. 길을 나선 걸 후회도 했다. 핸들을 꽉 잡고 운전하는 그에게 미안했다. 가톨릭에서 11월은 위령의 달이며, 1일에서 8일까지가 묘지참배기간이다. 오늘이 8일이다. 고집의 연유가 여기에 있다.

3지구 5단지에는 아홉 기의 유택이 있다. 조부모님, 부모님, 그리고……. 어머니를 중심으로 생각해보면 처음 모신 곳에서 십칠 년, 이곳으로 이장을 한 지 이십 년이 되었다. 이장을 하던 그날도 늦가을비가 추적추적 내렸었다. 그래서인지 그날의 비감했던 심경이 되살아난다. 그때, 그랬다. 죽은 사람들의 집이 점점 외곽으로 밀려나가야 하는 현실이 마음 아팠었다. 오늘은 그때보다 더한 절박함을 느낀다. 마침내 다른 형태로 모셔야 하거나 아예 그 어떤 형식도 갖추지 못할 수도 있겠다는. 세상은 그분들이 납득하지 못할 정도로 바뀌었고 시대가 요구하는 미덕의 내용 또한 많이 달라진 것이다.

증조할머니부터 작은아버지까지 차례대로 나는 국화꽃을 놓고 그는 술잔을 올린다. "궂은 날에는 술이 최고지!" 하며 아버지가 좋아하실 것 같다. 어머니께도 한 잔 올린다. "죄송해요, 엄마." 혼잣말을 한다. 아버지의 주벽 때문에 모진 고통 당하셨는데 그 심정 번번이 헤아리지 못했다.

선 채로 연도煉禱 :세상을 떠난 영혼을 위한 기도를 바친다. 때 아닌 천둥이 친다. 산속이라 무서운 생각이 든다. 우산도 소용이 없을 만큼 빗줄기가 세차다. 젖은 책장을 넘기며 연도를 끝낸다. 그가 고맙다. 장인장모 뵌 적도 없는데 해마다 산소에 온다고 생색을 낼 땐 밉지만 고마운 건 고마운 거다. 그가 함께 하지 않으면 엄두도 못 낼 일이다. 나는 길도 잘 모르고 운전도 못한다.

시간이 너무 짧다. 보통은 자리에 앉아서 이말 저말 나누며 한참을 있었는데 더는 지체할 수가 없다. "죄송해요, 엄마" 또 같은 말을 한다. 뒤돌아보고 또 돌아보며 산 아래 빈 성당, 빈 마당으로 돌아온다. 자동차 안에서 김밥을 먹는다. 보온병에 담아온 뜨거운 물이 속을 따뜻이 데워준다. 하지만 김밥은 잘 넘어가지 않고 목에 걸린다. 한 줄을 둘이서 나눠먹고 도로 챙겨 넣는다.

내가 살고 있는 아파트 102동 1201호를 향해서 어머니가 계신 3지구 5단지를 뒤로 한다. 부지런히 움직이는 와이퍼가 힘들어 보인다. 무척 긴장되지만 참 잘 왔다는 생각이 든다. 오늘을 놓쳤으면 내년 이맘때까지는 아마도 어려울 게다.

흐린 차창으로 내다보니 추수 끝난 논에 볏짚들이 제일모직 골덴텍스 무늬로 누워있다. 들이 끝나는 곳에서 시작되는 산은 말 그대로 '만산홍엽'이다. 헤아릴 수 없을 만큼 많이 회자된 이 표현을 능가할 어떤 어휘도 떠오르지 않는다는 것이 유감스럽다. 가을 들판 가을 산을 내다보며 나는 그럭저럭 행복하다.

　어머니의 부재는 내게 채워지지 않는 결핍으로 남았다. 등 따숩고 배부른 날에도 나는 춥고 허기졌다. 무엇보다 당신의 그 지난하였던 생애는 내 가슴에 인두자국을 남겼다. 그 상흔을 안은 채 수십 년을 살아왔다. 그렇다고는 하나 세월 덕분에 나는 어머니를 잘도 잊고 잘도 살아간다. 하지만 이맘때가 되면 추위와 허기가 고스란히 도지고 인두자국이 새삼스럽게 아리기 시작하는 것이다.

　묘지참배기간, 그건 핑계다. 3지구 5단지의 양지바른 유택에 계신 육친들을 뵙고, 그분들 사이에서 어머니를 푸지게 느끼고 돌아오면 편안해지니까. 너무 오래 걸어서 지친 내 두 다리가 대지 위에서 한결 굳건해지니까. 그리하여 더는 춥지도 배고프지도 않으니까.

(2009. 에세이21)

밥 먹는 여인

2인용 식탁을 찾아 벽을 보고 앉았다. "전주비빔밥!" 물을 가져온 젊은 여자에게 말했다. 점심시간이 지났는데 사람들이 많다. 백화점식당가, 불황이 무심코 지나쳤는가보다. 수저가 놓이고 콩나물, 버섯, 시금치, 계란지단들이 정갈하게 얹힌 밥을 담은 놋대접이 놓인다. 얇게 썬 풋고추가 동동 떠있는 된장, 물김치, 맑은 콩나물국들이 장기판의 포나 졸처럼 놋대접을 둘러싼다. 된장과 고추장을 넣어서 비빈다. 배가 고파서인지 밥알들이 혀에 감친다. 숟가락을 입으로 나르는 사이사이 물김치와 콩나물국을 떠먹는다. 시원하다. 바지와 재킷, 옷 한 벌을 사느라 매장을 돌고 돌았더니 허기가 졌다.

"얘, 지난주 아버님 제사에 동서가 다 늦게 와서 달랑 5만원을 내놓더라." '달랑'을 된소리로 말하니 "네 동서 너무 얄밉다." '너무'에 악센트를 잔뜩 주어서 대답한다. 옆 테이블에서 여자 넷이 전골냄비를 가운데 놓고 일상을 털어내는 중이다.

그저 그런 이야기를 밥을 씹으며 듣고 있는데 불현듯 뭔가가 밥에 섞여서 목구멍에 걸린다. 제사…….

　한 여자가 밥을 먹는다. 쉰의 나이에 일흔도 넘어보이게 늙어버린 여자가 혼자 오그리고 앉아 밥을 먹는다. 둥근 알루미늄 밥상에 밥과 계란찜, 된장과 김치가 놓여있다. 머리칼이 하얗게 센 조그만 여자는 먹고 나서 죽을 사람처럼 오직 먹기에 골몰하고 있다. '스뎅' 밥그릇 속 밥은 금세 절반으로 줄어버린다. 엄지손가락으로 계란찜의 양을 가늠해본다. 반은 남겨서 저녁에 먹을 요량이다. 왼손으로 김치보시기를 감지하고는 엄지와 검지로 한 조각을 집더니 밥숟갈에 얹어서 능숙하게 먹는다. 온통 깜깜하지만 아니 뿌옇지만 머릿속에 밥상만은 훤히 보인다. 처음엔 실수도 많았다. 그릇을 더듬다 국물을 쏟기도 하고, 밥상째 엎기도 했다.
　실명한 지 이태가 지났다. 연속극 여로가 한창 재미있을 때 화면이 흐릿해서 자꾸 눈을 문질렀다. 분이와 영구의 얼굴이 점점 희미해져서 텔레비전 앞으로 바짝 다가갔다. 마침내 눈 앞에 장막이 내리쳐졌다. 연속극이 보이지 않아서 그 여자는 불행하다. 아들딸 얼굴을 볼 수 없어서 그 여자는 몹시 불행하다. 다행인 것은 밥이 꿀맛이란 것이다. 밥이 그리도 맛있는 건 지병 때문인데, 그러거나 말거나 밥을 먹을 수 있어서 그 여자는 행복하다. 아들내외는 일 나가고 딸들은 학교가고, 혼자 더듬더듬 밥을 먹는 시간 그 여자의 불행은 증발해버린다.

밥을 양껏 먹는 건 물론, 계란쯤은 한꺼번에 열 개도 먹을 수 있는 형편인데 그 여자는 늘 아껴먹는다. "엄마, 그건 궁상이야!"라고 딸들이 걸핏하면 신경질을 부리지만 철딱서니 없는 것들이 물정모르고 하는 소리다. 돈 없으면 문둥이보다 섧다. 그게 그 여자의 죽어도 변치 않는 신조다.

한 여자가 밥을 먹는다. 그 여자는 비빔밥을 좋아한다. 양은 양푼에 남은 찬들을 쏟아 붓고 된장고추장을 넣어 쓱쓱 비벼서 한 숟갈 가득 입에 넣으면 기분이 금방 풀어진다. 눈두덩이 시퍼렇다. 또 맞았다. 통통하고 예쁜 그 여자는 남편한테 맞고 산다. 그게 바보짓인지, 맞고 사는 게 어떤 수모인지를 그 여자는 생각하지 않는다. 그 여자가 아는 건 팔자소관이란 것이고, 배불리 먹을 수 있다는 것이다. 인간의 존엄성, 부부간의 예의, 그런 개념은 처음부터 없었다. 맞으면 아프고 안 먹으면 배가 고프다. 그것만이 진실이다.

그 여자는 그다지 슬프지 않다. 부잣집(?)에 시집왔고, 남편은 잘 생겼다. 시집식구들도 친절하다. 혹시라도 보따리를 쌀까봐 시집식구들이 벌벌 떤다는 걸 그 여자는 까맣게 모른다. "언닌 지금 밥이 넘어가?" 유독 까칠한 시누이가 가끔 쏘아붙인다. '이 등신아!'는 시누이가 속으로 말하기 때문에 그 여자는 듣지 못한다. 밥이 잘 넘어간다, 잘 넘어가고말고. 무능한 아버지와 열두 형제자매 속에서 끼니때마다 밥그릇을 박박 긁어댔으니, 오직 배불리 먹는 것만이 소원이었다. 그 여자의 식

탐은 그러므로 무죄다. 남편이 만취한 날은 죄도 없이 얻어맞
는다. 하지만 술이 깨고 나면 양처럼 순해지는 남편은 그 여자
를 시장에 데려가서 옷도 사주고 구두도 사준다. 그 맛이 꽤
괜찮다.

　7천 원짜리 전주비빔밥을 3분의 2쯤 먹고 숟가락을 놓는다.
콩나물국그릇을 들고 남은 걸 후루룩 마신다. 어느 샌가 감주
사발이 올려져있다. 감주, 한참 들여다보다가 반쯤만 마신다.
눈 먼 여자가 감주를 무척 좋아했다.
　눈 먼 여자가 행복한지 불행한지, 눈두덩이 시퍼런 여자가
슬픈지 아닌지 사실 아무도 몰랐다. 누구도 그 여자들의 심상
풍경을 진심으로 들여다보려 하지 않았던 것이다.
　며칠 있으면 눈이 멀었던 여자의 기일이다. 눈두덩이 자주
시퍼렇던 여자가 눈이 멀었던 여자의 제사를 지낸다.

(2011. 에세이스트)

옴마, 옴마, 울옴마

내는 와 옴마한테 글을 안갈챘겠노. 와 그 생각을 몬했는지 기가 참니더. 시건[1]이 업서도 우째 그러키 업섰는강, 암짜도 씰 데 업는 가똑똑인기라예.

옴마 살았을 직에 내 이쁜 딸내미라꼬 생각했심니더. 애 안 믹이고 컸다고 생각했심더. 시상에 효자효녀는 업따는 거 옴마 시상[2] 배리고도 한참 지내서야 알았심니더. 다른 거 말로 하마 머하겠노. 옴마 일짜무식 까망눈으로 살다가기한 딸자석이. 옴마 옴마 안답답했심니꺼. 와 글 갈채돌라꼬 말 안했심니꺼. 딸 너이 아들 하나 혼차 공부시긴 옴마가 불효막심한 자석새끼들 머라카지도 안코.

울옴마, 백오십삼센치나 됐어까. 쪼맨하고 오동통했지예. 눈은 속쌈시불 찌고 코는 낮도 높도 안하고 콧구무가 쬐끔 들

---

1) 소견, 생각
2) 세상

린 개롬한 얼굴에 끝꺼지 비내3) 찌르고 사신, 머 박색도 일색도 몬되는 여자였지예. 야물딱지기는 시상에 두째가라하마 설벘지예. 옥양목 치매조고리에 밍비4) 앞치매 두리고 정짓깐 장독깐 발빠닥 딿키 삐대고, 짱백이5)에 따뱅이6) 언저가 새참, 중참 반티7) 모가지 뿌라지기 이고 논때기 밭때기로 댕길 때 여사로 생각했심더. 옴마는 그래 사는 기라꼬.

아부지가 술자리에 수타 갖다 내삐리고도 남가준 전답도 술 찮았는데 옴마, 옴마는 와 그래 살았십니꺼. 그러키 새빠지게 안 살어도 밥은 묵었는데. 그 전답 옴마 독씻고 단지씻고 하나뿐인 아들이 어지가이 축내고도 안죽꺼지 남어서 옴마 눈에 너어도 안아푸다캤던 손지차지 됐심더. 그 손지 지 애비 안닮어서 잘 징기고 있어예. 하이고~다행이지러, 다행이지러.

"우리 가시나들은 얼음구디이 갖다나도 잘 살낀데 저거 개랄8)겉은 저거는 지꺼 업스마 굶는대이" 옴마 그런 말할 직에는 맥지 카는 소리라꼬 귀시브럭지로 흘렀는데 한참 나 들어가 생각해보이 그기 너거는 궁물도 업따 그 말입디더. 그러키 주무이 들온 돈은 내놀 줄 모리고 살어가 아들 다 주고 가시서 좋았지예? 그까지 꺼 유감업심더. 얼음구디는 아이지만 딸 너이 넘의 집에 돈 안 채로가고 삽니더.

---

3) 비녀
4) 무명
5) 정수리
6) 따리
7) 네모모형의 나무함지박
8) 계란

옴마, 옴마, 울옴마, 이할배9)는 와 이아재10)는 경대법대꺼지 시기고 옴마는 핵교 문찌방도 몬 넘게 해가 '가'짜 뒷달구지도 모리게 하싰으까예? 그거 모리잔심더. 식짠은 가시나라꼬 그래께찌예. 그러키 당코도 옴마는 또 와 가시나 머슴아 가맀능교. 딸 너이 아들 너이 놓아가 아들 서이 잃아뿌고 가시나는 너이 다 건지가 아들, 아들하신 거 모리지는 안심더. 그래도 그러치, 오래비는 졸업할 직에 앨범 사주고 내는 앨범도 안 사조가 앨범도 업시 졸업해가 억수로 설벘심더. 하이고~내가 이 카면 죄 받지러, 내 동무 희야, 자야, 공장에 실 풀로 갔는데 옴마는 딸자석들 다 핵교 보냈지예. 오감코도 오감치예.

좀 오래됐심더. 여게저게소 문맹어른들 글 갈채는 거 유행하기 시작했심더. 그 어른들이 글짜를 깨우치가 장빠닥을 돌아댕기시민서 간판 읽는다꼬 장이 떠니리가기 떠들어댔어예. 글짜 읽는 기 신기해가 윗어대고 손뼉치고 난리였는데 내는 각중에11) 가심이 턱 맥히뿌릿어예. 울옴마는 저거도 몬해보고 가싰네, 내는 머하고 살았노. 내 눈이 밝아서 옴마 눈 어덥은 거 모리고, 옴마 답답은 거 꿈에도 모리고……

나12)는 수무 살이나 어데로 묵었는공. 옴마는 거가 머 갈채는 덴지도 모리는 대학이나 댕기민서. 옴마, 내 대학 입학한 날 생각킵니꺼. "아이고~ 좋데이, 우째 이러키 좋노. 땡삐걸

---

9) 외할아버지
10) 외삼촌
11) 갑자기
12) 나이

이 공부하디만~" 하싰지예. 그기 옴마 포안[13]진 말인 중도 모리고 "고마 카이소, 촌시럽구로." 내가 챙피시럽어 했는 거 내도록 맴에 걸맀십니더.

옴마, 옴마, 울옴마. 내가 커고 나 묵어가 글쨍이가 됐심더. 책도 마이 읽꼬, 글도 어지가이 씁니더. 옴마는 듣도 보도 몬한 '수필'(이거이 먼지 우째 말하마 옴마가 알아듣겠노.)이란 거를 짓는데 이기 바로 글짜놀음인기라예. 그리키나 천지삐까리인 글짜를 갖꼬 놀민서 생각했심더. 내는 와 옴마한테 글짜 몇나를 안 갈채가 이래 가심치고 있노. 신경숙이라꼬 이름 날리는 소설가(소설가가 머하는 사람이고 하마 이바구를 질다랗키 글로 씨는 사람입니더)가 있심더. 그 사람이 『엄마를 부탁해』라 카는 이바구책을 지어가 참말로 시상천지를 다 울맀심더. 그 이바구책에 나오는 주인공이 내나 소설간데 지가 소설가민서 저거 옴마한테 글짜 안 갈챘데예. 그라고 얼매 전에 수필 읽는데 글 모리는 옴마한테 시상배린 아부지가 남가준 돈하고 통장 이바구데예. 내가 그 사람한테 전화했심더. 김선상은 와 옴마한테 글 안 갈챘나꼬, 내 머라캤심더. 참말로 도분[14]이 났는기라예. 그 사람한테가 아이고 내한테 성이 났는기라예. 시상에 내 겉은 자석이 수두룩삐삑한갑심니더. 도리깨로 훑배야[15] 맞뜩은 것들이.

옴마, 옴마, 울옴마, 내 아홉 살인가 묵었을 직에 옴마가 내

---

13) 포한
14) 화
15) 두들겨 패야

상장으로 곡식자리 입을 막카서 내가 "옴마!" 빽 소리를 질렀지예. "야~가 와 이카노, 놀래 자빠지구로!" 그카민서도 옴마는 그 조오를 빼가 손으로 쓱쓱 문때서 내한테 주민서 "미안테이" 했심더. 글 모리는 옴마한테는 그기 그저 뚜꺼븐 조오라 곡식자리 주딩이 막후기에 딱 좋았찌예.

옴마 글 갈채서 검정고시 보이가 졸업장도 타기 해디릴 낀데, 다 컨 자석이 다섯이나 돼갖꼬 아무도 그 생각 몬 했시이 불효도 이런 불효가 업심더. 울옴마 빙들어 오만때만 고상만 하다가 오십너이에 가싰는데 옴마보다 여섯 살이나 더 묵은 내는 안죽꺼지도 천지분간을 몬하고 지가 잘나서 사는 중 압니더. 옴마 저시상 가신 그때 그 시건머리 업는 헛똑똑이 수무 살이나 진배 업심더. 옴마, 옴마, 울옴마.

(2013. 에세이스트)

이 맛이 그리도 달더이까

산사춘(투명한 미황색의 술이다.)을 병째 천천히 봉분 위에 뿌린다. 이 술 어떠세요? 살아생전 그에게 술 한 잔 따라 준 적 없었건만 오랜만에 그를 찾아와서 인심 좋게 병째 부어준다. 한 잔 술을 달게 마시는 건강하던 때의 그 잘 생긴 얼굴을 떠올린다.

내일이 추석이다. 친정 큰조카에게 미리 부탁을 했다. 네 아버지에게 갈 때 날 좀 데려가라. 그에겐 별 소용이 없을 것 같은 국화꽃 한 다발을 들고 와서 그에게 말을 건넨다. 잘 계셨지요? 장미공원에 그를 남겨두고 떠난 후 몇 해 만인가. 처음엔 애써 그를 잊으려했다. 그러다가 시간이 흐르면서 잊으려 했던 정감조차 잊은 채 또 얼마간 살았다. 그런데 몇 해 전부터 문득문득 그가 그리워지더니 이즈음은 그가 내 가슴에 되살아나서 아프기 시작했다.

초등학교 일 년을 그와 함께 다녔다. 그는 육 학년 나는 일

학년이었다. 먼 길 걸어서 학교에 다니는 동안 그는 나에게 절대적인 존재였다. 학교가 파하면 운동장에서 비비적거리며 나는 그를 기다렸다. 그는 으레 내 허리춤에서 책보를 벗겨서 나머지 한쪽 어깨에 두르며 내 손을 잡고 걷기 시작했다.

못비 쏟아지던 어느 여름날의 그를 아름다이 기억한다. 집으로 가자면 건너야만 하는 폭이 제법 넓은 시내가 있었다. 불어난 물을 보고 겁을 먹은 나는 울음을 터뜨리며 못 간다고 소리쳤다. 비에 흠뻑 젖은 채 죽는다고 악을 쓰는 나를 업고 그는 마구 흔들리면서 그 냇물을 건넜다. 열세 살 그도 무서웠을 터였다. 그래도 "우리 옥이 착하제"를 연발하며 나를 달랬다.

무엇이 그를 그토록 황폐하게 만들었을까. 그가 고등학교를 졸업하던 날, 졸업식장에 간 어머니는 밀린 수업료를 내고서야 졸업장과 앨범을 줄 수 있었다. 졸업앨범에는 그의 사진이 없었다. 집에서 받아간 수업료를 그는 학교에 내지 않았고 졸업사진 찍는 날도 등교하지 않았던 것이다. 그것은 그의 일그러진 일생을 예고하는 서곡에 불과했다. 그는 술에 절어 살면서 자주 심한 파열음을 냈는데 그것은 내게 공포였다. 어머니가 혼수상태에 든 마지막 일주일도 그는 술에서 깨어나지 않았다. 나는 분노하지 않았고 다만 얼음장처럼 차가워졌다.

육교 위에서 탈진한 채 의식의 문을 닫은 그는 식물인간으로 넉 달을 견디다 갔다. 마흔도 채우지 못한 그의 짧은 생과 마지막 모습을 잊고 싶었다. 그 넉 달 동안 우리 모두 그에게 최선을 다하지 못했다는 죄책감이 남았다. 그래서 더욱 잊고 싶었다.

그는 술을 좋아했다. 기분이 좋을 땐 술 취한 목소리로 배호의 노래를 멋지게 부르기도 했다. 그에게 고마워해야할 일이 영 없는 것은 아니다. 내 결혼식 날 그는 참으로 모처럼 말갛게 갠 얼굴로 나를 신랑에게 데려다 주었다. 무엇보다 그는 한량없이 착했다. 술이 착한 그를 무너지게 했고 그를 데려갔다. 술에 앞서 그를 무너지게 한 무엇인가가 있었을 터이다. 그 무엇인가가 얼마나 그를 아프게 했을까를 그를 보낸 한참 뒤에야 가슴 저미며 생각해보았던 것이다.

그에게 술 한 잔 따라 준 적이 없다. 그러기에 누구에게도 술을 줄 수 없었다. 집안 어른께도 스승님께도 남편에게도 술 따르는 일은 피해왔다. 내 어릴 적 든든한 배경이었던 그를 그렇게 떠나보낸 것이 내내 아파서 다른 사람에게 술을 줄 수 없었다. 어떤 자리이건, 그래서 더러 오해도 있었다.

오늘 장미공원에서 그에게 술을 대접하였다. 조카들은 따로 저희가 준비해온 청주를 예법대로 올리는데 나는 내 술을 내 마음이 시키는 대로 그에게 부어주었다. 그의 세 아들과 그의 아내 며느리 손녀들과 나란히 서서 깊이 숙여 절하였다. 음복하라니까 세 아이가 다 빙그레 웃기만 한다.(그의 아들들은 술과 가깝지 않다.) 그래서 내가 한 잔 달라 해서 마신다. 참 맛있네요. 이 맛이 그리도 달더이까. 아니면 맑은 정신으로 견디지 못할 만큼 세상이 아프게 하더이까.

유택 옆으로 가파르게 난 돌계단을 조심스레 내려간다. 올라올 때 먹먹하던 가슴이 환하게 트인 시야처럼 후련하다. 이제 한두 잔 즐겨 술을 마실 수 있겠다. 누구든 옆에 있으면 유쾌하게 잔 가득 따라줄 수도 있겠다.

(2006. 에세이스트)

시인을 찾아서

한 닷새쯤 마음대로 써도 좋을 시간이 생겼다. 내 일터가 있는 건물이 수리에 들어가게 되어 그렇게 된 것이다. 무엇을 할까, 어디로 갈까, 설레고 행복하며 자못 심각한 문제였다. 드물게 주어지는 귀한 시간을 허투루 보내버리고 싶지 않았기 때문이다.

남편과 딸아이와 내가 밀고 당긴 끝에 남도기행을 하기로 결정하였다. 남도기행이긴 한데 문학기행이 되도록 일정을 짰다. 명색 내가 글을 쓰는 사람인데다 딸아이가 국문학을 전공하기 때문에 열세가 될 수밖에 없었던 남편은 아예 기사를 자처하였다.

가고 싶은 곳이 너무 많았다. '오만 원쯤이 생기면' 무엇 무엇을 하고 싶다고 하신 피천득 선생처럼, 나도 마음대로 써도 좋을 한 닷새쯤이 생기면 어디어디를 가고 싶다는 생각을 참 많이 하면서 살았다. 『태백산맥』의 지명들과 『토지』의 평사리는 두어 번 다녀왔으니 아쉽지만 제외하였다. 이번에는 운문 기행을 하자며 영랑, 고산, 미당, 시인을 찾아서 길을 나섰다.

낙안읍성과 보성차밭을 거쳐 강진에 닿으니 해가 뉘엿했다. 영랑생가가 바로 저기라는 현지인의 말에 근처에서 잠잘 곳을 찾았다. 쉬고 있으니 가족여행이 참 편안하다는 생각이 들었다. 가다 쉬다 먹다 자다, 가 그야말로 편한 대로인 것이다.

아침 아홉시, 5분 남짓 큰길을 걷고 골목길로 접어드니 이내 영랑의 집 나무대문이 보인다. 영랑의 집은 그러나 너무 정갈하게 다듬어져 있어서 세월이 느껴지지 않는다. 하여 다소 낯설고 조금 서운하지만 그러한 느낌이 영랑에 대한 동경을 넘어서지는 못한다. 모란이 피지 않으면 봄이 오지 않은 것이며 모란이 지고나면 봄은 이미 다 가고 만 것이라는, 그 「모란이 피기까지는」 시비詩碑 앞에서 '뚝뚝' 떨어지는 모란을 생각하며 우리 모녀는 사진기를 향해 선다. 남는 게 사진뿐이라며 남편은 셔터를 열심히 눌러댄다.

시인의 어머니가 썼을 재봉틀, 질화로, 쇠다리미가 놓여 있는 방과, 가마솥과 부식된 뚜껑, 광주리. 키, 깨진 바가지, 술항아리 따위가 있는 부엌에서 비로소 세월을 만나고 시인의 숨결을 느낀다. 마당 한쪽 우물곁에 키 큰 살구나무가 깊고 넓은 그늘을 드리우고 있다. 「마당 앞 맑은 새암을」 바로 그 시의 모태인 것이다. 한 편의 시를 낳게 한 곳에 발을 딛고 있으니 행복하다.

영랑의 뜰엔 그가 노래하던 햇살이 가득하다. 그 햇살에 막

젖기 시작한 툇마루에 앉아서 시인과 시인이 살았던 시대를
생각한다. 집을 병풍처럼 둘러싼 대나무, 동백나무숲을 스치
는 바람소리를 들으며 일제강점기를 아프게 살아갔을, 그 아
픔을 짐짓 모른 체하며 시를 썼을 시인을 생각한다. 딸아이는
젊은이답게 식민지 시대에 무슨 '보드레한 에메랄드' 냐고 한
마디 한다. 그 아이는 아직 아픔에서 비켜서는 게 무엇인지,
아픔을 가슴속에 묻어두는 게 어떤 것인지를 모르는 나이이
다.

　후원에 따로 집 한 칸이 있다. 서재이다. 도자기가 있고 고
리짝이 놓인 방에서 영랑이 인형으로 살아나서 작은 책상에
앉아 글을 쓰고 있다. 세월이 흘렀으나 시인은 젊다. 하얀 바
지저고리에 쪽빛 조끼를 입었다. 그 책상 옆에 무릎 꿇고 다소
곳이 앉는다. 시인께서 곧 연필을 놓고 내게 한 말씀하실 것
같다. 그 느낌은 매우 강해서 시인의 집을 나서는 나를 돌아보
고 또 돌아보게 한다.

　강진에 왔으니 다산초당을 지나칠 수는 없다. 긴 숲길을 우
리는 두런두런 얘기를 하며 걸어 올라간다. 다산이 유배 와서
많은 저서를 남기고 제자들에게 강학하던 집, 영정 앞에서 목
례를 한다. 마루에 걸터앉아 주변 풍광을 바라보며 쉬다가 선
생이 차를 끓였다는 약수를 플라스틱 바가지로 받아서 목을
축인다. 선생님, 샘물 한 모금 달게 마시고 갑니다. 선생의 가
르침 한마디 제대로 새기지 못하고 다만 와서 기리고 갈 뿐이
다.

옆구리에 '땅끝에서 보길까지'를 투박하게 써 붙인 배를 타고 해남을 출발한다. 뱃바람을 쐬며 먼 바다에 마음을 빼앗기고 있노라니 어느새 청별항이다. 보길도, 고산이 살다가서 더욱 서사적이고 또 서정적인 섬이다. 청별항의 허름한 식당에서 된장찌개를 먹고 세연정으로 발걸음을 옮긴다. 세연정에 닿으니 가을비가 부슬부슬 내리기 시작한다. 들고 다니던 양산이 금방 우산이 되니 조금도 불편하지가 않다.

세연정은 생각보다 규모가 크다. 정자는 덩그러니 크고 높다. 그 옆의 연못이나 둘레의 숲도, 학창시절 교과서에서 읽고 외우고 시험문제로 풀던「오우가」의 그 수, 석, 송, 죽, 월을 벗하여 살았던 선생께는 다소 호사라는 느낌이 든다. 뜰의 한쪽에는「어부사시사」의 춘하추동을 네 개의 커다란 바윗돌에 새긴 시비가 나란히 서있다. 고산은 세연정이라는 유적지로 남은 것이 아니라 다만 시로, 문학으로 남았다는 생각을 해본다.

비가 내리니 발길이 저절로 바빠진다.「어부사시사」 40수의 시가 있는 테마공원을 둘러보아야한다. 서늘하다. 나무들은 짙다 못해 시커멓게 보이고 발아래에는 묵은 낙엽들이 비에 젖어서 자박자박 밟힌다. 그 느낌이 썩 괜찮다. 남편이 서두르지만 다 읽고 가겠다는 내 고집에 딸아이가 편을 들어준다.

40수의 시를 액자에 담아서 긴 막대로 세워 둥글게 늘어놓았다. '春詞一'에서 '冬詞十'까지 나는 원문으로 떠듬떠듬, 아이는 현대어로 낭랑하게 낭송을 한다. '지국총지국총 어사와' '찌그덩찌그덩 어여라차' 어부의 생활과 자연에 묻혀 살아가는 고산의 심경, 소박한 어촌의 정경을 그려본다. 하지만 그 정감에 오래 젖어있지 못하고 보길도를 떠나야하니 안타깝다. 비에 쫓기어 다시 땅끝으로 가는 배를 타고야 만다. 하룻밤 잘 걸 내내 후회가 된다.

마당에 붉은 흙을 잔뜩 쌓아놓은 땅끝 마을의 어느 집에서 몸과 마음을 쉬고 있다. 내일은 땅끝탑에 올랐다가 선운사와 미당 서정주 선생의 생가를 찾아갈 예정이다. '미당문학관' 에서 나는 또 한 분의 큰 시인을 뵙게 될 것이다. 그 감회 또한 매우 유정할 것이고, 우리의 여행도 좀 더 계속되겠지만 글은 여기에서 끝이 난다.

시인을 찾아 나선 길의 중간쯤에서 나는 이미 '나는 대체 무엇을 쓰고 있는가.' 라는 물음에 직면해 있다. 참으로 난해한 물음이다.

(2007. 수필시대)

5부

나중에 나는

내 생애 가장 젊은 내가
꽃을 그리고, 산을 그리고, 집들을 그리고,
그 위에
은총처럼 내리는 햇살을 그린다.

쉰일곱 살

그건 꽃샘바람이었다, 꽃이 필 땐 꽃샘바람이 있게 마련이니까. 그때는 청춘이었고 꽃이었으니까. 세상 고민 다 짊어진 채 무거워서 죽을 것 같았던 스무 살을 그렇듯 아름다이 회상한다. 기품 있게 살아야지 하는 마음으로 곱게 말하고 바르게 행하려고, 참 많이 경직되어있었던 마흔 살도 되돌아보면 그리 나빴던 것만은 아니었다고 후한 점수를 주고 싶다.

회한이 없을 수 없고 뼈아픈 후회가 없는 것도 아니지만 무릇 인간의 일생이 그러하겠거니, 덤덤하게 넘어간다. 더 잘 살 수도 있었겠지만 이만해도 다행이다 싶어서 안도한다. 더는 다그치지 않는다.

이 나이만큼 살아서 얻은 마음이다. 한마디로 편안하다. 스스로에게뿐 아니라 타자에게로 향하는 마음 또한 편안하다. 오해하면 안 된다. 초월하거나 달관했다는 말은 결코 아니다. 솔직히 말하면 몹시 지쳤고 그래서 타협했다는 것이고, 좀 더 근사하게 말하자면 '나'를 열었다는 얘기가 된다. 그런 마음이 되니 전에 없이 좋아지는 게 많다. 사람들 속에 섞여서 왁자하게 떠드는 것도 좋고, 손뼉 치며 노래 부르는 것도 즐겁다. 무엇보다 이즈음의 나를 행복하게 만드는 건 우리가락이다.

'~옹혜야 어절시구 옹혜야 잘도 한다 옹혜야~' 신명이 나서 따라 부른다. 노랫말을 다 모르지만 추임새는 얼마든지 따라할 수가 있다. 클래식 FM에 주파수를 맞춰놓고 일을 한다. 종일 음악이 흘러나온다. 서양고전음악이 대부분의 시간을 차지하는데, 오전 11시와 오후 5시에 각각 한 시간씩 우리고전음악을 내보내준다. 서양클래식이 좋아서 선택한 채널인데 언제부턴가 우리의 옛 가락이 더 좋아지는 것이다.

몇 줄 글을 쓰는 동안 노래는 「진도아리랑」으로 바뀌었다. 영화 『서편제』에서 아버지와 남매가 길을 따라 걸으며 노래 부르고 춤을 추던 영상이 눈앞에 펼쳐진다. 그 노랫가락이 내 몸에 그대로 들어와서 한 바퀴 돌아나가는 것 같다. 가야금 산조를 듣고 있으면 현의 떨림 하나하나가 청각이 아닌 촉각으로 감지되는 느낌이 온다. 대금연주를 들으면 가슴에 맑은 냇물 흐르는 소리가 들리는 것도 같고, 부드러운 바람이 이는 것 같기도 하다. 폐부를 찢으며 나오는듯한 판소리도 좋다.

회심곡을 좋아해서 김영임의 앨범을 사고 노랫말을 찾아서 거듭 들으며 배우겠다고, 기필코 완창을 해보겠노라고 기염을 토해서 남편을 실소케도 했다. 완창은커녕 따라 부르는 것도 못해낼 것임을 내가 더 잘 안다. 하지만 어떠랴. 실언도 하고 식언도 하면서 살련다.

지난 부활절 미사 후에 성당 뜰에서 축제가 있었다. 기쁜 날이니 함께 점심을 먹는 행사였는데 사물놀이패가 등장했다. 늙수그레한 부인들이 축제의 흥을 돋우려 한마당 풍악을 울리는 것이었다. 고깔모자와 하얀 바지저고리에 고운 띠를 두른 그들이 빙글빙글 돌며 신명나게 판을 벌이자 몇 사람이 따라 돌며 춤을 추었다. 어느 새 나도 그들과 덩실덩실 춤을 추고 있었다. 생각지도 못했던 일이다. '옹헤야'를 목청 높여 따라 부르고, 사물놀이패와 한데 어울려 춤추는 즐거움은 이만큼 나이 들어서 새로 누리는 호사이다.

목에까지 올라오도록 단추를 채우고 살고 있을 땐 스무 살도 마흔 살도 뭔가가 결핍되었다는 생각에 늘 허기져 있는 느낌이었다. 이젠 그렇지 않다. 앞에서도 말했듯이 지나간 시간들을 편안하게 아니 너그럽게 회상할 수가 있다. 나란 인간이 본시 결함이 많지만 뭐 그런 것쯤은 괜찮다는 생각이 드는 것이다. 더 나중에 이 글을 쓰고 있는 오늘을 돌아보게 되겠지. 그때도 이런 마음이었으면 좋겠다.

환하게 웃지 못했고 손 내밀지 못했다. 앞의 문장을 부드럽게 바꾸고 싶다. 마음껏 웃고 또 웃어주고, 먼저 손 내밀고 손 잡자. 정말이지 이젠 그런 사람으로 살고 싶다. 기품 있음보다 꾸밈없음이 낫고, 우아함보다 선량함이 앞이라는 걸 너무 늦지 않게 깨달아서 여간 다행이 아니다. 만만찮은 세월을 애써 살아온 덕분에 이런 마음도 생긴 것이려니 그저 고마울 따름이다.
　쉰일곱 살, 생각할수록 좋은 나이이다.

(2009. 창작수필)

꽃이 피거나 지거나

「마흔의 봄」을 쓴 지 20년이 되었다. 세월이 흐른 후에「쉰일곱 살」도 썼다. 마흔 살의 봄에는 이제 더 이상 젊지 않다는 생각을 했다. 젊지 않으니 아름답게 늙어야겠다고 마음먹었다. 사악하지 않게, 아름답게, 그게 주제였다. 내 삶의 내용이 바로 내 모습이 된다는 걸 말하기 위해『도리언 그레이의 초상』을 끌어다 썼다. 그때의 나는 그랬다. 젊지 않다면(지금 생각해보면 그때는 정말 젊었던 게다.) 아름답고 싶었다. 물론 지금은 그렇지 않다는 건 아니다. 왜 아름다움을 마다하겠는가.

3년 전인 쉰일곱 살 때는 나이 드는 것이 참 편안한 것이구나, 그런 생각을 자주했다. 웬만큼 살았으므로 희와 비에 일일이 환호하고 무너지지 않는 진중함과 내공이 생겼다는 걸 느꼈다. 이제야말로 이것저것을 맘껏 해보고 싶다는 마음도 일었다. 그 하고 싶은 일들 중에「회심곡」완창이라는 것도 있다. 글의 요지는 이제 편안해지고 싶고, 사실 편안하다는 것이었다. 그렇게 썼고 어느 정도 사실이기도 한데 솔직히 말하자면 아직도 그리 편치는 않다. 마음 탓이란 걸 알지만 어찌하겠는가. 마음만큼 마음대로 안 되는 것도 없지 않은가.

이태 전에 루주를 쓰지 않겠다고 마음먹었다.(루주를 쓰는 게 뭐 어떻다는 말이 아니다. 그러니 오해하시면 안 된다.) 자유롭고 싶다, 하나씩 내려놓고 싶다는 게 이유인데 화장을 하지 않는 게 그 중 쉬울 것 같았기 때문이다. 그쯤이야 내 맘대로 할 수 있을 것 같았는데 그것조차 온전히 성공하지는 못했다. 많은 사람들을 한꺼번에 만나야 할 때, 공식적인 행사에 가야할 때는 가볍게라도 화장을 했다. 그게 예의라고들 하는데, 실은 예의란 말에 묶였다기보다 맨얼굴을 보일 용기가 없었다는 게 맞다. 하지만 보통은 민낯으로 다닌다. 정말 편안하다. 루주를 쓰는 일이 그리 불편한 일인가. 그렇지는 않다. 그걸 하지 않아도 되는 편안함의 상태에 나를 두고 싶을 뿐이다. 그 사소한 일에서 벗어난 자유로움이 그러나 결코 사소하지가 않다.

신천변의 수양버들 실가지에 연둣빛이 돌기 시작하더니 개나리가 피었다. 수양버들이 죽 늘어섰고 그 바로 뒤에 개나리 울타리가 노랗게 쳐졌다. 연두와 노랑의 기막힌 어울림을 보면서 새색시 때 입었던 연초록치마와 자주색 끝동에 남색 고름이 달린 노랑저고리가 생각났다. 그때 유행했던 비단유똥이 었는데 설날 한 번 입고 망쳐버렸다. 그걸 입고 어설프게 전을 부치다가 기름이 튀어서 다시 입을 수가 없게 되었다.

수양버들과 개나리가 '유똥' 치마저고리를 연상시켰고, 그

때가 아득한 옛날처럼 느껴지면서 내가 예순이 되었다는 자각
이 왔다. 그래, 예순 살이 되었다. 이게 무슨 뜻이지? 여긴 대
체 어디야? 물음만 있고 답이 없어서 무기력해진 봄날 인터넷
서점을 뒤지는데 책 한 권이 눈에 띄었다. 『나는 젊음을 부러
워하지 않는다』, 흥미가 있었던 건 책의 개요였다. 60대에 접
어든 29명의 여성이 쓴 자전적 에세이라는 것이다. 그들이 이
끌어낸 새로운 삶이 내게 힘이 될 것 같았다. 하지만 막상 책
을 펴보니 그들은 보통사람들이 아니었다. 대부분 저명인사였
다. 역동적이고 진취적으로 살아왔으며 이미 상당히 성취한
사람들이었다. 다만 예순 살을 즈음해서 새로운 일을 시작했
고 그 일들을 성공적으로 해냈다는 얘기였다. 그럼 그렇지. 아
무나 할 수 있는 건 아니지.

보통여자, 옆집여자인 내가 예순 살에 뭘 시작할 수 있을까.
그렇게 시큰둥하면서 책을 읽어내려 갔다. 책을 덮고 나서 그
러나 알 수 없는 힘이 내 손을 잡고 나를 일으켜 세우고 있다는
느낌이 왔다. 여행, 새로운 사업, 불행한 결혼 청산 등등 그들
이 해냈던 일은 아닐지라도, 그들처럼 세계를 움직이는 영향
력을 발휘할 능력도 의향도 없다할지라도 내가 하고 싶은 뭔
가를 해야겠다는 의지 같은 게 잠자는 나를 깨우는 것이었다.

'청춘은 육십부터' 따위의 무슨 슬로건 같은 말에 동의하지
는 않는다. 아무리 장수시대에 진입했다고 하나 육십이 청춘
일 수는 없다. 청춘도 가고 봄날도 갔지만 나쁠 게 뭔가. 60대
에 들어선 보통여자에게도 하고 싶은 일이 있고, 할 수 있는

일도 있을 터.

하고 싶은 일? 읽기와 쓰기 그건 하고 있고, 또 무엇? 회심곡완창, 수채화그리기 같은 몹시 과한 것도 있지만 '멍하니 앉아있기'처럼 쉬운 것도 있다. 하고 싶은 일은 즐거이 하고 놓아버리고 싶은 것은 미련 없이 놓아버리면 된다. 그 즐거움과 편안함이 이제부터의 나와 내 삶을 근사하게 채워주려니, 꽃이 피거나 지거나 봄이 오거나 가거나.

(2012. 에세이포레)

목록
—죽기 전에 하고 싶은 일

수채화그리기, 죽자고 글쓰기, 밤새워 책읽기, 사흘낮밤 잠
자기, 멍하니 앉아있기, 죽기 전에 내가 하고 싶은 일이다. 이
른바 '버킷리스트'인데 현실감이 결여되어 있다. 할 수 있는 일
이 아니라 하고 싶은 일이니 현실감 따위는 그냥 넘어가자.

명사들이 작성한 「죽기 전에 하고 싶은 일 다섯 가지」가 신
문의 전면에 게재되었다. '콘크리트 없는 마을 여행하기' '아프
리카 오지에 우물 파주기' '헬리콥터 딸린 유럽의 고성 구입하
기' '미얀마 선방禪房에서 수행하기' '내가 잘못한 일 담은 책 쓰
기' 같은 다양하고도 재미있는 내용들이 있었다.

무엇을 하고 싶은가, 죽기 전에. 위에 쓴 바와 같다. 참신하
지도 기발하지도 않거니와 노역이 배제되어있다. 노역이 배제
된 건 용서하라. 일은 지금까지 충분히 했다고 나름대로 생각
한다.

수채화를 그린다? 헤르만헤세는 마흔이 되면서부터 그림을

그리기 시작했다. 나무 그늘에 앉아서 한적한 시골 풍경을 그렸다. 평화로운 마을, 작은 교회, 꽃과 나무와 호수를 밑그림이 선명하게 드러날 만큼 묽은 수채물감으로 표현했다. 너무 투명해서 그림에 그의 영혼이 얼비치는 것 같다.

한가한 시간이 허락된다면 헤세처럼 그림을 그리고 싶다. 그림에 몰입해서 바깥일, 안의 일들을 잊어버리고 싶다. 파란 하늘과 초록빛 산을 그리면서 어린아이처럼 즐거워하고 싶다. 스케치북 한 권을 엄마얼굴로 채우고 싶다. 그러다가 문득 퇴행의 시간에서 돌아와 그럴듯한 자화상도 그려보고 싶다. 그런 내 모습을 상상해보니 기분이 좋다. 화가가 되고 싶은 생각은 아예 없다. 다만 그리고 싶을 따름이다. 수채화를 그리는 게 꿈이다. '꿈'이란 낱말을 쓰자마자 기분이 굉장히 좋다. 그렇지 꿈이다! 아직 꿈이 남아있는 것이다.

죽자고 글쓰기, 정말 그러고 싶다. 언제나 시간이 모자라고 건강 또한 쾌청하지 못하다. 그러니 전력투구할 형편이 못된다. 열정이 부족한 게 아니다. 이것은 허울 좋은 구실인가. 그렇다하더라도 바로 그 구실 때문에 열망이란 게 생기지 않을까. 승방 하나를 빌려서 죽으라고 글만 써보았으면 더할 나위 없겠다. 그럴 수만 있다면 이상李箱의 「종생기」같은 절체절명의 글이나 대하소설도 쓸 수 있을 것 같은 전혀 근거 없는 자신감마저 생긴다. 해서 또 기분이 좋다.

그러고 나서도 남은 날들에는 밤새워 책을 읽었으면 한다. 나는 그다지 늙지 않았다고 생각하는데 노안은 이미 오래 전

에 시작되었다. 왜 눈이 먼저 늙나. 책읽기가 점점 힘들어짐에
도 읽기에 대한 욕구를 어쩌지 못해서 책을 놓지 못하고 있다.
밤새워 명문장들을 읽고 싶다. 글은 깊은 밤에 더 맛있다. 밤
이 되면 경상에 앉아 개구리소리나 새소리 물소리 바람소리들
을 행간에 들으며 길고 긴 글줄을 읽어내려 갔으면 좋겠다. 생
각이 여기에 미치니 정녕 행복하다. 눈이여 부디 내게서 문자
를 빼앗지 말라.

사흘낮밤 잠자기는 일상적인 욕구다. 입에 붙은 말처럼 뇌
리에 붙어있는 생각이다. 그게 별빛 쏟아지던 옛집마당의 나
무평상이 아니라도 좋고 폭신한 침대에 감촉 좋은 이불이 아
니어도 그만이다. 어떤 방이라도 괜찮다. 모든 근심과 등짐을
내려놓고 잠자고 싶다. 먹지 않고 생리적 현상도 뛰어넘고 오
직 잠만 자고 싶다. 그것은 얼핏 죽음과 흡사해 보이지만 단연
코 아니다. 오늘의 명제가 죽기 전에 하고 싶은 일임을 잊지
말아야지. 사흘 동안의 잠에서 깨어나면 다시 태어난 것처럼
생기 넘치게 살 수 있지 않을까. 써놓고 보니 이 대목이 마음
에 든다. '다시 태어난 것처럼 생기 넘치게!'

위의 것들은 어쩌면 지나친 욕심일지도 모르겠다. 그냥 멍
하니 앉아있기만 하자. 가슴에서 감정을 밀어내고, 머리에서
생각을 몰아내고 말 그대로 멍하니 앉아있자. 해 뜨면 일어나
고 때 되면 밥 먹고 밤 되면 잠자고 그 사이 빈 시간을 생각
없이 근심 없이 앉아만 있는 것이다. 여기에서 명상 더구나 초
월을 떠올리면 안 된다. 격이 다르다. 생의 질곡을 건너고 건

너며 발이 부르텄던 자가 마침내 이른 매우 단순하고 평화로
운 만년의 시간이라고 이해하면 된다. 이 또한 욕심인가. 유감
스럽지만 그렇다. 아프리카 오지에 우물 파주기의 베풂도 아
니고 잘못한 일 담은 책 쓰기의 성찰도 아니니 욕심이랄 수밖
에. 어쩌랴. 거기까지인 걸.

　비록 그리하지 못할지라도 그렇게 하리라는 희망 그게 꿈이
다. 내게 꿈이 있다. 하고 싶은 일이 남아있다. 황홀하다. 두
아이의 방을 차례로 들러 서랍들을 열어본다. 장성한 아이들
의 방에는 수채물감이 없다. 문구사에 가야겠다. 아니 스케치
부터 해야 하나?

(2008. 수필시대)

수채화그리기

『'데미안, 유리알유희, 크눌프 그리고…수채화' 헤르만헤세』, 몇 해 전 문화예술회관에서 헤르만헤세 전展이 열렸을 때 책을 한 권 사왔는데 그 책의 표제다. 책에는 전시회에서 보여준 헤세의 생애와 그림들이 담겨있었다. 나의 청소년기를 그토록 설레고 풍성하게 해주었던 대작가를 가까이서 뵌 것 같은 감명이 하도 커서 「헤르만헤세 선생님께」란 제목의 글을 썼다.

헤세는 만년의 한유한 시간을 수채화를 그리고 정원을 가꾸면서 보냈다. 책장을 넘기면서 수채화를 그리는 헤세의 표정과 몸짓, 정신세계를 상상해보았다. 낮은 산 아래에 있는 작은 집들과 나무, 꽃들을 주로 그렸는데 맑고 엷게 채색을 해서 밑그림의 연필자국이 선명하게 드러나 있다.

불현듯 수채화를 그리고 싶은 욕구가 치솟았다. 이 무슨 치기인가, 스스로 비웃었으나 그 자조가 나를 막지는 못했다. 죽기 전에 수채화를 그리고 말테다. 죽기 전에? 그렇지 죽기 전에. 그렇게 마음을 다지기 시작하자 불현듯 무슨 유행어처럼 회자되던 '버킷리스트'란 말이 떠올랐다. 내친김에 목록을 만들자. 수채화그리기, 죽자고 글쓰기, 밤새워 책읽기, 사흘밤낮 잠자기, 멍하니 앉아있기 따위들로 목록을 만들고「목록─죽기 전에 하고 싶은 일」을 제목으로 또 수필을 썼다. 그리고 헤세처럼 수채화를 그리기로 마음먹었다.

지금이 내 생애에서 가장 젊은 날이라 하지 않던가. 뭔가를 시작하기에 내 나이가 너무 늦지 않았는지 걱정할 필요는 없을 터, 마침내 나는 기고만장 시작하고야 말았다. 그 시작이란 것이 기껏 스케치북을 사는 것이었지만, (아들한테 부탁했더니 빨간 표지의 고급 스케치북을 사주었다.) 그것만으로도 분에 넘치는 호사다.

나는 그림의 기본도 모른다. 그러니 언감생심 화가가 되고 싶은 생각은 추호도 없다. 어떻게 시작할까 고민할 게 뭔가, 오직 그리고 싶을 뿐인데. 헤세의 책에 실린 그림을 그대로 옮기면 된다. 연필을 한 움큼 꺼냈다. 지난해 제주의 이중섭미술관에 갔을 때 사온 스케치용 연필이다. 뭘 그렇게 많이 사냐고 아이가 물었었다. "다 쓸 거야." 그리 대답한 나의 속내에는 스스로도 깨닫지 못한 욕구가 숨어 있었던 게다. 끝에 지우개가 달린 연필이다. 학동시절에 썼던 연필에 대한 향수에 잠시 아득해졌다.

스케치부터 하기로 했다. 채색은 나중의 일이다. 스케치북

뚜껑을 열고—2011.10.24. 시작하다.—라고 썼다. 그리고 책 앞날개에 실린 노년의 헤세 모습을 그리기 시작했다. 모자를 쓰고 셔츠를 입은 편안한 모습이다. 어찌어찌 그리긴 했는데 냉소적인 표정이 되고 말았다. 그의 기품도, 안경너머를 보는 깊고 이지적인 눈빛도, 주름살이 보여주는 경륜도 그려내지 못했다. 하지만 그렸다는 사실만으로도 내 행복지수는 빠르게 상승했다.

정원사 헤세, 1929년 여름, 호수 옆 마을, 들을 그리면서 종이 위를 사각거리는 연필의 움직임을 즐겼다. 그 촉각과 청각을 기뻐했다. 헤세가 그린 마을에는 노란 햇살이 내린다. 겹쳐진 산 능선들이 햇살아래서 환하다. 나무도 꽃들도 지붕들도 투명하다. 산은 낮게 내려와서 집들과 원근도 없이 함께 졸고 있다. 밝고 맑고 평화롭다. 그림을 오래 들여다보고 종이에 옮겨 그리는 동안 내 마음이 함께 밝고 맑고 평화로워졌다.

스케치북 한 권을 채우고 수채물감으로 채색을 할 수 있는 시간이 얼마나 걸릴지 모를 일이다. 그 얼마나라는 시간, 혹은 세월에 마음을 둘 필요는 없다는 생각이다. 그리고 나머지 목록, 글쓰기와 책읽기는 '죽자고'와 '밤새워'에 약간의 신체적인 무리가 있겠지만 그럭저럭 할 수는 있을 것이다. 잠자기와 멍하니 앉아있기에도 조건은 있다. 이를테면 질병 때문에 발생한 수면이거나 정신이 나가서(가령 치매 같은 것) 멍하니 앉아있는 상태는 단연코 아니 된다. 삶의 만만치 않은 질곡을 건너온 몸과 마음을 편안히 내려놓는, 스스로에게 주는 상償 같은 휴식이 되었으면 좋겠다.

　언젠가 진짜 내 그림을 그릴 수 있으면 더할 나위 없겠지만 그러지 못하더라도 무슨 유감이 있으랴. 그림을 그리며 헤세의 주인공들을 떠올리고 그 줄거리들을 되짚어보는 것으로 내게 남은 시간들을 채우고 싶을 뿐이다. 나머지 목록들도 그런 의미에서 내가 하고 싶은 일들이다. '죽기 전에'의 '죽기'란 말에 심란할 필요는 없다. 그것은 도무지 어찌할 수 없는 숙명이며 섭리이니까. 다행히도 '~전에' 란 말이 붙어있지 않은가. 그러니까 시간이 있다는 뜻인 게다. 그 말이 내포하고 있는 시간이 내게 베풀어줄 일들을 생각하면 고맙고도 고맙다.

　내 생애 가장 젊은 내가 꽃을 그리고, 산을 그리고, 집들을 그리고, 그 위에 은총처럼 내리는 햇살을 그린다.

(2012. 계간수필)

밤새워 책읽기

버킷리스트 세 번째 항목이 밤새워 책읽기다. 책읽기는 늘 해오던 일이니 새삼 리스트 운운할 일은 아니다. 구태여 그리 말하는 건 뭔가 좀 다르게 해보고 싶다는 것이고 무엇보다 '밤새워'에 이끌렸기 때문이다.

청소년기를 책읽기에 빠져서 보냈다. 세계명작들, 위대한 작가들, 그 무궁무진함과 숭고함을 가늠하기엔 어림도 없는 나이였지만 줄거리에 취하고 주인공에 매료되었다. 앙드레지드, 헤세, 도스토예프스키, 톨스토이, 서머셋 모옴, 브론테 자매, 그 이름들을 알고 있다는 것만으로도 내 청춘은 충분히 빛났다. 하지만 지나친 욕심이 탐독과 남독이라는 독서행태를 낳았다는 생각을 내내 떨칠 수가 없었다.

그래, 다시 읽기를 하자. 생각해보면 두 번 혹은 세 번 다시 읽은 작품들도 꽤 많다. 그리워서 꺼내 읽고, 가물가물한 기억을 되살리느라 찾아 읽고, 문체와 문장을 배우고 싶어서 맘 다

잡고 다시 읽었었다. 그러나 늘 마음이 앞섰다. 그래서 못 알아듣고 못 본 채 놓쳐버린 게 많았으리란 생각도 했다.

찬찬히, 경건한 마음으로 다시 읽는 것이다. 20대 초반부터 지금까지 대부분의 시간을 일터에서 보내고 있다. 일과 일 사이에 읽기는 이어졌지만 문장은 자주 끊어져서 해독을 어렵게 했고, 때로는 흥미를 잃게 했다. 파우스트가 그랬고 율리시즈, 팡세가 그랬다. 그런 점들이 아쉬움으로 남았다.

오래 읽기와 깊이 읽기가 부족했다. 오래 읽기를 할 수 있는 시간과 공간이 절실했다. 달빛 젖은 지창紙窓이 있는 작은 방에서 밤을 하얗게 밝히며 글줄을 읽어 내리고 싶지만 그건 정말 물색없는 소리다. 휴양림을 생각했다. 숲, 바람소리, 새소리, 물소리, 가슴이 뛰었다. 하룻밤으론 안 되겠다. 3박 4일 휴가! 못 낼 게 뭐냐고? 정말이지 내게는 몹시도 어려운 일이었다. 어디가 되었든 오로지 책만 읽을 수 있으면 좋으련만.

헤밍웨이, 카잔차키스, 카프카, 까뮈, 스탕달, 찰스 램, 박완서, 작가들이 순서도 없이 마구 떠올랐다. 안나카레리나, 25시, 닥터지바고, 양철북, 제인 에어, 태백산맥, 토지, 제목들이 넘치도록 생각났다. 무엇을 어떻게 읽을 것인가를 궁리하다가 서가를 살폈다. '문예사조 그리고 세계의 작가들'(김병걸 지음)이 눈에 들어왔다. 주~욱 훑어보았다. '단테에서 밀란 쿤데라까지', 순간 이러다간 또 겉핥기가 되고 말 것이란 생각이 들었다.

'내 생애의 책 100권', 이 얼마나 매혹적인가. 목록을 만들고 보니 거의가 서재에 있는 책들이었다. 이 방에 있는 책들은 내가 특별히 좋아해서 즐겨 읽은 후에 간직하고 있는 것들(이 말이 불경스럽다.)이니 당연한 게다. 나를 키우고 살찌운 책들, 나는 또 한 번 크고 높고 깊은 인격들을 만나게 될 터였다.

방해받지 않고 오래 읽기가 소원이었다. 여름휴가를 쓰기로 했다. 카라마조프가의 형제들, 장미의 이름, 양철북, 폭풍의 언덕들을 뽑아놓고(여름에 읽기에 좋은 책들이다.) 제발 방해하지 말라고 가족들에게 거듭 말했다. 폭풍의 언덕을 열었다. 히스클리프와 캐서린의 그 징그럽도록 슬픈 애증을 읽으며 더위를 싹 잊었다.

책을 들고 단 하루를 보내면서도 일상과의 충돌은 피할 수 없었다. 먹어야했고, 자잘한 가사를 감당해야 했고, 무엇보다 잠도 자야 했다. 밤새워 책읽기는 이미 내 몸 밖의 일이었던 게다. 이튿날은 눈이 많이 피로했지만 그런대로 즐거웠다. 사흘째 낮에 나는 양철북을 덮었다. 넘치는 익살과 기막힌 풍자, 독특한 문체가 주는 재미에도 불구하고 극심한 두통이 시작되었던 것이다. 앉아서 읽고, 누워서 읽고, 엎드려서 읽고, 그러니까 밤낮 뒹굴고 싶었는데…….

마음이 하고자 하는 일을 몸이 허락하지 않은 것이다. 언젠가 새소리 물소리 들리는 숲속에서 오직 책만 읽으며 보낼 행운을 잡을 수도 있겠지만, 지난여름의 밤새워 책읽기는 그렇듯 시작해 본 것에 만족해야했다.

깊이 읽기가 남았다. 몇 줄이면 어떤가. 마음으로 읽으면 된다. 지난해 여름휴가 때부터 일 년 동안 태백산맥, 토지, 톨스토이와 도스토예프스키의 주요작품들을 읽었다. 다시 읽은 책들을 스무 살 때(그때는 수첩에 깨알같이 적었었다.)처럼 대학노트에 작품명, 작가, 주인공, 개요를 기록하였다. 읽기는 계속될 것이고 대체 뭣에 쓸 건지 모를 필기도 그 궤적을 따라 갈 것이다. 그러는 동안 내 영혼은 환호하고 헛헛한 내면은 배부르려니, 책이 내게 지성과 감성의 성찬을 차려주는 까닭이다.

내 눈이 아직은 밝아서 고맙고, 모르긴 하지만 시간도 꽤 남아있는 것 같아서 푸근하다.

(2012. 한국동서문학)

※ 이 작품에서는 책제목의 부호를 생략하였음

나중에 나는

"그것들이 잘 살겠습니까?" 이웃집 남자가 물었다.

"잘 살지요. 저는 살려고 하고 나는 살리려고 하니까." 선생의 대답이었다.

선생의 대답은 일순 맑은 기운, 지순한 사랑을 느끼게 했다. 선생의 편안한 얼굴과 온화한 미소가 아름답다는 생각이 들었고 동시에 외경을 느꼈다. 모든 욕심에서 비켜선 만년의 편안한 얼굴이 그렇게 좋아 보일 수가 없었다.

선생은 이태 전 오랜 지병이 지나치게 무거워져서 몹시 힘겨운 시간을 보내야했다. 많이 회복되었고 지금은 다시 얻은 시간을 달게 사신다. 선생이 내게 오시면 나는 얼굴빛이 맑아 보인다고 말씀드리고 선생은 그 말을 기뻐하신다. 나의 말은 진심이다. 다소 헛헛해 보이기는 하나 한동안 눈에 띄게 드러나던 쇠잔함은 분명 덜어졌다.

모처럼 들르신 선생께 요즈음은 어떻게 지내시냐고 물었다.

야생초를 채취하고 키우노라 하였다. 부도 명예도 더구나 젊음도 없는 민초가 야생초를 키우며 살아가노라 하였다. 오랜 가문을 자랑스러워했던 선생은 호주제가 없어지고 족보가 의미 없는 시대가 되었으니 나는 이제 마지막 벼슬인 호주도 못된다. 그러니 나야말로 민초 중의 민초이다. 말씀하시며 허허 웃으셨다. 그 모습도 보기에 좋았다. 작은 풀꽃들을 아끼며 사랑하는 노인의 모습이 견줄 데 없이 평화롭다.

재개발도 비켜간 묵은 동네에 선생의 집이 있다. "노처老妻가 시간이나 보내라고." 마당 한켠에 흙을 갖다 붓고 둘레를 쳐서 채마밭을 마련하며 선생은 당신 몫으로 화단을 만들었다고 했다. 할 일을 만드신 것이다. 여기저기 산과 들을 돌아다니며 우리 야생초를 채취하여 심고 정성을 쏟는 일이 선생을 살아있게 한다. 그 고물고물한 생명체들에 물을 주고 있노라니 기척도 없이 들어온 이웃집 남자가 그것들이 여기서 살겠느냐고 물었단다. 하여 선생이 '저는 살려고 하고 나는 살리려고~' 대답했다는 것이다.

선생의 대답은 울림이 컸다. 그 울림은 소리로가 아니라 무늬로 내 가슴에 번졌다. 그것은 생명에 대한 지순한 사랑이며 의지이다. 낮은 음성으로 느릿느릿 말씀하실 때 얼굴 가득 번지는 흔연한 미소에서 풀꽃들에 대한 선생의 사랑이 당신 삶에 위안이 되고 의지가 된다는 생각을 했다. 만년의 쓸쓸함이 선생께 왜 없겠는가. 그 쓸쓸함을 오종종 심어놓은 풀꽃들과 교감하며 걷어내고 계실 터이다.

그런 선생을 보면서 생각한다, 나중에 나는 어떤 모습일까. 무엇에다 마음을 주면서 살게 될까. 필경은 내 것이 되고야 말 만년의 쓸쓸함을 어찌 가누며 살아갈 것인가. 이제까지 막연하나마 그리 생각해 왔다. 남편도 아이들도 채워주지 못할 허허로운 마음을 책 읽고 글 쓰며 달래리라. 다행히도 나는 읽는 것을 좋아하고 탄탄하지는 않으나마 글줄을 이어갈 수 있으니 큰 위안이 되지 않으랴.

하지만 이즈음 더러 읽기와 쓰기가 여의치 않을지도 모른다는 생각이 들곤 한다. 지금도 책을 오래 읽지 못한다. 눈이 영 편치가 않기 때문이다. 글쓰기는 더 쉽지 않을 터, 서정의 샘도 이지理智도 이미 많이 고갈되었고 그 바닥을 드러내기에 이른 것 같다. 내 만년을 위한 보루는 그처럼 부실한 것이다.

'죽기 전에 하고 싶을 일 다섯 가지' 이른바 버킷리스트를 소재로 글을 쓴 적이 있다. 할 수 있는 일이 아니라 하고 싶은 일이었기 때문에 사실 좀 엉뚱한 내용들이었다. 그것은 할 수 없어도 그만이고 생활과 동떨어진 것이어도 그뿐이다. 하지만 오늘의 명제는 다르다. 해보고 싶고, 할 수 있으며 무엇보다 그게 생활 속에 자연스럽게 스며들어 삶의 내용이 되고 무늬가 되어야한다. 꽃밭을 가꾸거나 그림을 그리거나 바느질을 하거나 그 일에 기꺼이 마음을 내주면서 위안을 얻을 수 있어야 하는 것이다.

오늘 선생을 뵈면서 나중에 나도 그런 모습이고 싶어서 때이른 생각에 빠져보았다. 아직은 일터에서 대부분의 시간을 보내고 있지만 오래지 않아 다가올 짧거나 길, 남은 시간을 나는 근사하게 보내고 싶다. 살아있음에 감사하고 살아있는 모든 생명을 예찬하며 만년을 조용하고 평화롭게 살아가고 싶다. 그 소망이 불현듯 뜨겁게 일어서 이리도 긴 사설을 늘어놓았다.

나중에 나는 무엇을 하면서 살아갈까. 그게 대체 무엇일까.

(2008. 문학춘추)

6부

멈추어 서서 살아내는 방법

삶의 여러 측면, 그 중에서
가장 먼저 멈추어 서서 돌아보고 싶은 게 나의
이 도무지 정체성이 분명치 않은
글쓰기이다.
먼저 출발점으로 돌아가 보아야한다.
거기가 어디인가.

그물망? 그물망!

나무와 사람, 빛과 꽃을 감상한다. 그의 소재는 그렇듯 사람과 자연이다.「나무Ⅰ」「나무Ⅱ」에서 한 그루의 나무를,「기억의 바다Ⅰ」「기억의 바다Ⅱ」에는 익명의 한 사람을 보여주고 있다.

봉산문화거리를 바쁘게 걷다가 불현듯「회화적 그물망」이라는 포스터를 보았다. 회화적 그물망? 그물망! 홀린 듯 이끌려 들어갔다. 햇살이 이슬방울 혹은 꽃송이 형상으로 자우룩 쏟아지고 있는 나무 앞에 선다. 한참을 서서 바라본다. 눈부시도록 맑고 곱다.「기억의 바다Ⅰ」은 긴 머리의 여인이 오른쪽에서 왼쪽으로 흐르듯이 걸어가는, 그러니까 노을 지는 해변을 산책하는 정경(그게 맞는지 모르지만)이다. 붉은 노을과 푸른 바다 그리고 속살이 비칠 듯 엷은 원피스를 입은 여인이 파스텔 톤의 화면 속에 혼재한 채로 느리게 흐른다. 그림 속 여인의 머릿결을 만지고 나온 미풍이 내 뺨에 와 닿는 느낌이다.

몽환적이다.

나무에서 사람, 사람에서 나무로 나도 그림 속 여인처럼 흐르듯이 걷다가 「기억의 바다Ⅱ」 앞에서 발이 묶인다. 그림을 전문적 시각으로 바라보고 감상을 말하는 건 내 능력 밖의 일이다. 그러니 채색과 구도가 어떻다 할 수 없고 구상이니 추상이니 분별해서 말할 수도 없다. 다만 본 대로 느낀 대로 말할 수는 있겠다.

40대의 화가이다. 그의 그물에 한 남자가 걸려있다. 그림의 표면은 모시나 삼베 같은 직물, 또는 평면으로 펼쳐진 촘촘한 채를 닮았다. 수천수만 번의 가는 붓질이 씨줄과 날줄로 교직되면서 자연스레 형성된 농담과 음영이 바탕을 이루고 있다. 모든 색을 섞으면 검정색이 되듯 붓질의 반복과 겹침이 최고조에 달했을 때 마침내 검푸른 형상의 사람모습이 드러난 것일 터였다. 한 마디로 요약하면 '무거우면서도 신비하다' 이다.

초록과 파랑, 보랏빛과 남빛이 농담을 달리하며 종횡으로 교차하고 번져서 푸르스름한 바다 같기도 하고, 피안에 있을 미지의 어떤 세계인가도 싶다. 그 화면의 왼쪽, 적갈색의 대지에 발을 디디고 무한 공간을 바라보는 남자에게서 적막이 느껴진다. 태초의 어느 새벽에 세계와 마주하고 있었을 첫 번째 남자의 뒷모습이 저랬을까. 아직 드러나지 않은 세계와 맞서야하는 그의 두려움을 화가는 저런 모습으로 나타낸 것일까. 아니면 웬만큼 살아내고도 여전히 타자 또는 세계와 화합하지 못하고 단절된 현대인의 절대고독을 저리 표현했을까. 세계와 맞선 두려움, 세계와 단절된 절대고독, 그렇다면 그림 속 남자는 화가 자신이며 또한 내가 아닐 것인가.

수천수만 번의 붓질 끝에 화가의 그물망에 걸린 나무, 남자, 여자의 이미지가 내게 주는 메시지는 예사롭지가 않다. 나무, 사람, 그런 일상적 소재에 상상력을 더하여 미학적으로 형상화한 작가의 시선이며 심상이 나를 설레게 한다. 바라보고 또 바라보며 한없이 바라보았을 때 잡힌 형상을 두고, 얼마나 오래 그리고 깊이 사유하였을 것인가. 수많은 상像들이 잡히고 지워지기를 거듭한 끝에 나무와 사람과 빛이 비로소 그에게 낯익은 얼굴로 다가왔음이라. 그리하여 결코 간단치 않았을 첫 붓질이 시작되었을 터였다.

그림을 대할 때 내가 언제나 떠올리는 건 빈 캔버스 앞에 서 있는 화가의 모습이다. 막막함, 첫 붓질을 시작하기까지 화가가 견뎌내는 그 막막함을 생각하면 숨이 막히곤 한다. 길고 막막한 시간, 그 시간이 가져왔을 긴장감으로 터질 듯이 팽팽한 작업공간을 가늠하면 가슴이 벅차다. 농담과 음영으로 평면을 공간적 아름다움으로 환치하고, 형상이나 현상을 거르고 걸러서 표현하고자하는 이미지로 창조해내는 화가의 고뇌와 노고를 짐작한다. 그가 궁극적으로 추구하는 것은 무엇이며, 전하고자 하는 진실은 또 무엇인가를 그림 속에 투영되어있을 작가에게 질문하고 그 대답을 들으려 애쓴다.

회화적 그물망, 특히 그물망이란 말에 매혹되었다. 한 번도 그리 이름 지은 적은 없지만 내게도 문학적 그물망은 분명 있었을 터. 화가의 '회화적 그물망'이 나의 '문학적 그물망'에 걸린 것이다. 그에 대해서 나는 아는 게 없다. 그의 작품세계도 잘 모른다. 하여 작품에 대한 나의 해석은 화가의 의도와 상당한 괴리가 있을지도 모른다. 하지만 그런 것은 염려하지 않는다. 무릇 작품은 작가의 손을 떠나면 이미 그의 것이 아니기 때문이다. 문제는 대상을 바라보는 내 시선의 치열함과 진정성에 있는 것이다. 대체 나는 '회화적 그물망'이라는 제재를 형상화하기 위해 얼마나 깊이 천착하고 오래 고뇌한 것인가. 그런 날카로운 물음과 모호한 대답을 혼자 주고받는다.

(2010. 수필시대)

멈추어 서서 살아내는 법

제목을 수필가 류인혜의 『아름다운 책』 중 「화요일의 사람들」에서 가져왔다. 『모리와 함께한 화요일』을 소개한 그 글을 읽다가 '계속 달려가면서 일방적인 모색을 하는 것이 아니라 멈추어 서서 살아내는 방법에 대해 구체적인 답을 정리해 둘 때…'라는 문장에 시선이 한동안 붙들렸다. '멈추어 서서 살아내는 방법' 에 담긴 류인혜님의 물음과 대답의 내용이 나의 그 것과 비슷하거나 혹은 다르다 해도 거기에 아무 문제는 없을 터이다. 그의 문장을 액면 그대로 차용한 채로 내가 직면한 문제에 대해 물음을 던지고 대답을 궁구窮究하고자 하는 것이니까.

아무튼 나는 이쯤에서 멈추어야겠다는 생각을 하게 되었다. 이전에도 물론 멈추어야하지 않을까라는 생각을 이따금 하곤 했으나, 이 문장이 불현듯 다가와 일깨워 주었다. 멈추어서야 할 어떤 절박함 같은 것이 내 삶의 여러 측면에 산재해 있음을 돌아보게 한 것이다.

내가 여기에 서 있다. 나는 달려왔고 숨이 턱에 차올라 헐떡거리는데 닿아야할 고지는 안개 속이다. 얼마나 더 달려가야 하는지 알 수가 없다. 안타까운 건 처음의 출발점이 어디였는지 아슴푸레하다는 것이고, 그것보다 더 나를 아연케 하는 건 애초에 가지고 있었을, 이 달리기의 목적이 무엇인지가 모호하다는 것이다.

삶의 여러 측면, 그 중에서 가장 먼저 멈추어 서서 돌아보고 싶은 게 나의 이 도무지 정체성이 분명치 않은 글쓰기이다. 먼저 출발점으로 돌아가 보아야한다. 거기가 어디인가. 나는 문학소녀였고 감수성이 남달랐으며 청소년기에 겪었던 여러 가지 슬픔들이 가슴에 고여 글을 쓰지 않을 수 없는 태생적 요인을 지니고 있었다. 하여 확연히 다른 공부를 하였건만 결국에는 글쓰기로 돌아오게 되었다. 그렇게 주저리주저리 읊을 수도 있겠다. 그렇다고 하자.

서른일곱 나이에 까마득하게 잊고 있었던 원고지를 찾아 쥐고 "…서른여섯 살 중년 고개를 넘어선 사람의 글이며…" 피천득 선생의 「수필」을 감히 들먹이며 수필을 쓰기 시작하였다. 수필은 나의 존재이유라고 수필집의 머리말에서 당당하게 밝히기도 하였다. 거기에 거짓은 없다. 글쓰기를 좋아하였다. 수필을 연인처럼 사랑하였다. '수필가'가 허울 좋은 명찰이 되지 않기를, 내 글이 수필문학에 누가 되지 않기를, 아무리 까치발을 해도 닿을 수 없는 선배들의 후학으로서 부끄럽지 않기를 염원하였다.

그렇게 채근하며 스무 해 남짓을 보냈음에도 불구하고 글쓰기는 여전히 지지부진하고, 견고한 틀에 갇혀있으며, 그 지지부진함을 넘어설 기량이 내게 있지 않다는 걸 절감한다. 게다가 나는 무슨 구조물 같은, 이 견고한 글쓰기의 틀을 깨부수기를 심정적으로 거부하고 있다는 것이다. 몹시 난감하다.

몇 차례 '낯설게 하기'를 시도해 보았으나 곧 염증을 느끼고 말았다. 독자나 평자를 염두에 두고 쓴 몇몇 실험적 수필에서 성취감이 전혀 없었던 것은 아니지만 위안이 되지는 않았다. 실험수필에서는 구성과 서술에 있어서 다소 낯선 기교가 요구되는데 그에 따른 작위가 내 기준과 충돌하는 까닭이다. 여기에서 글쓰기의 본질에 대한 고민이 시작되며, 동시에 수필이 궁극적으로 나에게 무엇인가 라는 의문과 맞닥뜨리게 되는 것이다.

무엇을 위해 글을 쓰는가. 물론 처음부터 그렇다할 목표가 있었던 건 아니었으나 지향하는 바는 분명 있었다. 몇몇 글에서 이미 말했듯이 '내 영혼의 기록'이 그것이다. 글쓰기를 향한 열정은 식지 않았으나 그 지향하는 바는 적잖이 흔들렸음을 부정할 수가 없다. 까닭이 무엇인가. 잘 써야겠다, 잘 썼다는 말을 들어야겠다, 에 초점을 맞추고 있었기 때문이다. 백인백색 중 하나의 빛깔일 수 있기를 열망하면서 나름대로 부단히 천착하고, 새로워지기 위해 의도하고 시도하기를 거듭하였다.

그런데 언제부턴가 내 속에서 나온 글과 '나'라는 존재 사이에 괴리가 생기기 시작했다는 느낌이 왔다. 대단히 불편한 진실이다. 이를 어쩌랴. 수필은 이러저러해야한다. 그러저러한 수필의 시대는 갔다, 운운. 그러한 얽매임에서 벗어나야 글을 쓸 수 있겠다는 생각이 든다. 글이 내게 이름을 얻어주지 않아도 좋다. 수필문학이 나아갈 방향에 대한 수필문단의 논의에서 소외되어도 그만이다, 라고 스스로에게 선언할 수 있어야 살아갈 수가 있겠다.

이제 멈추어야한다. 그리고 생각해보아야 한다. 글쓰기를 멈출 것인가. 잘 써야겠다는 열망을 버릴 것인가. 어찌 글쓰기를 멈출 수 있겠는가. 그렇다면 멈추어 서서 살아내는 방법은 자명하다. 잘 써야겠다는 생각을 멈추면 된다. 어떻게 쓸 것인가 보다 무엇을 쓸 것인가에 초점을 맞추면 된다. 그리하여 쓰는 것이다. 쓰고 싶은 것을 쓰되 작업으로서의 그것이, 내용으로서의 그것이 내게 위안이 되고, 진실일 수 있다면 더할 나위 없겠다.

(2009. 현대수필)

길 떠나기 그리고 걷기

오리무중

수필쓰기는 내게 '길' 이란 단 한 글자로 압축된다. 시작은 있지만 끝이 없는 막막한 길의 이미지가 나의 수필쓰기이다. 물론 쉽게 생각하지 않았다. 쉽게라니, 당치도 않다. 충분히 생각한 끝에 길을 나섰다. 행장도 제법 야무지게 꾸렸다. 잘 쓰기보다 치열하게 쓰고 싶었다. 수필쓰기를 통해서 존재하고자 했고 깊어지고 싶었다. 적어도 그렇게 생각했다.

아무튼, 길을 나섰고 제법 걸었다. 하지만 내 신발은 아직도 새 것이나 마찬가지다. 어딘가에 닿아서 무언가를 가질 수 있기를 너무 열망한 나머지 언제나 마음이 저만치 앞질러 간다. 신발이 너덜너덜하도록 걸어야 무언가가 보일 텐데, 다리가 아프고 온몸이 쑤시고 영혼까지 저미게 아파야 어딘가에 닿을 텐데, 그것이 산봉우리이든 골짜기이든.

수필공부를 한다던 어떤 이가 말했다. 수필 쓰는 법은 인터넷에 다 나와 있다고, 그런 걸 모르는 사람이 어디 있냐고. 이론을 꿰뚫고 있는 것과 창작을 잘하는 것은 별개문제라는 것이다. 맞는 말이다. 수필을 좋아하고 또 쓰겠다고 작정한 사람이라면 진즉에 웬만한 텍스트들은 섭렵하였을 터, 그랬음에도 실제 창작에 들어가면 그 앎이란 실로 얄팍한 것이 되고 만다는 걸 저리게 깨닫는 게다. 오늘의 테마가 바로 그렇다. '수필, 이렇게 써 보자'에 답이 있는 것 같지가 않다. 하여 수필, 수필 쓰기란 명제를 두고 다만 나를 되짚어보고자 한다. 길 떠난 지 한참이 지났는데, 어찌어찌 걷고는 있는데, 도무지 여기가 어디쯤인지 오리무중이다. 그 까닭이 무엇인가 하는 물음을 던지고 대답을 궁구하고자 한다.

만나기

온갖 것에 마음이 빼앗긴다. 풀꽃이며 나무들, 사람과 사물, 풍경과 현상들에 시선이 가고 마음이 묶인다. 모든 유형무형의 형체와 이미지들이 나를 가만히 놔두지 않는다. 고결한 가치들과 냄새나는 부조리들이 나를 기쁘게 하고 슬프게 한다. 보이는 것, 들리는 것, 느끼는 모든 것에 시선이 가닿고 머문다. 그러니까 소재는 지천으로 깔려있는 게다. 언제어디서든 (글)이삭을 줍겠다고 (연필)자루를 거머쥐고 다닌다. 그렇게 습관이 되어있다. 여기에 무슨 문제가 있는가. 있다.

주워 담기에 급급해서 대상을 그 자체로 아름다이 바라보거나, 가슴 미어지게 아파하는 순수를 잃은 게다. 아무 것도 가져오지 않아도 좋으니, 글이 되지 않아도 그만이니, 고운 것은 고운 그대로, 아픈 것은 진정 아파하며 바라보기만 하자. 보고 느끼곤 가슴 한켠에 묻어두자. 글감에 지나치게 탐닉하는 걸 경계하자. 소재 중독에 걸려서 소재 금단현상을 겪으면서 그렇게 자신을 다스리곤 한다.

소재에 관한한 무심, 무위에 이르고 싶다. 그러다가 어떤 영상이 아득한 날의 사랑처럼 불현듯 떠오를 때, 그 떠오르는 것이 가슴에 불을 댕길 때, 비로소 그것을 소재로 맞아들이자. 쉽게 취해서 겉모양만 겨우 갖춘 글을 빚어내서 낭패를 본 적이 한두 번이던가. 마음에 차지 않는 도자기는 망설임 없이 깨뜨려버리는 도공의 장인정신이 내게 결여되어있다. —**저문 강에서 먹이를 찾고 있는 새를 보다.**

정들이기

찔레꽃을 쓰기 위해 세 번의 봄을 기다리고, 겨울호수가 글감이면 칼바람 부는 못가에 적어도 네댓 번은 서 보아야 하지 않을까. 각각 다른 시각에 여러 각도에서 보고 또 보노라면 대상이 자연스레 가슴으로 들어와 머물지 않겠는가. 그것이 가져다주는 울림이 아침에 다르고 저녁에 다르며, 서서 볼 때와 앉아서 볼 때가 다르지 않을까. 그렇듯 마음에 들어온 사람이나 사물, 풍경과 현상에 정을 들이자. 그에게 말을 걸자. 눈 맞추기를 하자. 그 눈빛을 깊이 들여다보지 않고, 그에게 묻지 않고, 그의 응답을 듣지 않고 어찌 그를 안다고 하랴.

그러노라면 정이 깊어지겠지. 충분히 정이 들어서 이제는 그를 더 이상 바깥에 세워 둘 수 없을 때 그를 수필에 초대하자. 마음을 다하여 그의 모습을, 대상의 함의를 글 속에 담자. 그에 대한 최상의 대접은 그가 내 작품 속에 이질감 없이 온전히 녹아들게 하는 것이다. 그리하여 그를 빛나게 하는 것이다.

박경리 선생은 "색채(노란 민들레, 붉은 노을)와 소리(물소리, 새소리)가 다 의미를 가져야 한다. 모든 소재, 색채와 음향 어느 것도 무의식적인 것은 없다. 글 전체와 유기적 관계, 놓인 이유가 있다."고 하였다. 내 글에 초대한 빛깔 하나도 소홀한 대접을 받아서는 아니 된다. 그렇다고 하여 대상을 터무니없이 과대포장하면 곤란하다. 어울리지 않는 리본을 달고 색칠을 해대서 정작 그가 누구인지, 그를 통해 드러내고자하는 메시지가 무엇인지를 모호하게 하지는 않았던가. ―다음 날에도 그 다음 날에도 강가에 나가서 한 마리 두 마리 여러 마리의 새들을 보다.

사유하기

눈을 맞추고 말을 건네서 정이 든 대상, 또는 글감이 담고 있는 의미는 무엇일까. 그 의미를 어떻게 읽어낼 것인가. 읽어

낸 의미는 인간의 삶과 어떤 유기적 관계에 놓인 것인가. 삶아도 보고 푹 고아도 보아야 하는데 날것인 채로 겉절이를 하거나 기껏해야 데치기만 하여 내어놓지 않았던가. 몇 개월, 몇 년을 묻어두고 숙성시켜서 오래도록 잊히지 않는 깊은 맛을 내야하는데⋯⋯. 여행지에서 돌아오면 다음 날 그 주마간산으로 기행수필을 쓰고, 오전에 맞닥뜨린 사건이 혀끝만 찔러도 오후에 글로 옮기지 않았던가. 왜 그랬을까.

천착이다. 천착을 수필쓰기의 으뜸가는 미덕으로 삼아야한다고 스스로 채근해왔다. 그럼에도 늘 조급함이 천착이라는 미덕을 앞질러서 미치지 못하는 작품을 내놓곤 한다. 대체 조급해야할 까닭이 무엇인가. ─**조각전에서 작품 「여행」을 보다. 청동으로 조각한 비상 직전의 역동적인 새의 형상이다.**

빚어내기

지나간 시간의 영상들을 현재로 불러 모아서 재배치, 재구성을 한다. 시점時點, 시점視點을 생각하고, 줄거리의 순서를 요량한다. 실시간으로 쓰지 않는 이상 작위가 전혀 없을 수는 없다. 단락을 잇는 연결고리는 탄탄한가. 글의 결정結晶이 내 삶 또는 모두의 삶에 어떤 의미가 되는가에 대한 해석은 이미 이루어져있어야 하며, 마지막으로 진솔한가에 대한 성찰을 거쳐야 한다.

그리하여 쓴다. 가슴으로 쓰고 머리로 쓰고 끈질기게 앉아서 엉덩이로 쓴다. 오랜 사유를 거쳐서 글의 구조가 머릿속에 또렷이 들어있으면 어렵지 않게 써내려갈 수도 있다. 하지만 종종 글줄을 잇지 못해 멈칫거리고, 그러다가 실타래처럼 엉켜서 더 나아가지 못하기도 한다. 그럴 경우 글은 처음의 의도에서 빗나가 엉뚱한 결미에 이르게 되고 만다. 당연히 마음에 차지 않는다. 그리된 이유가 무엇인가.

육화와 천착이 미흡하였다. 낯설게 바라보지 않고, 새겨듣지 않았으며, 새로 난 길로 접근하지 않았다. 마음의 기록 더 나아가 영혼의 기록이 되기를 열망했건만 그에 맞갖은 진정성이 결여되었다. —새, 일상日常과 이상理想으로 묶어보다.

오리무중인 채로

수필문학은 변해야 한다는 논의는 오래 전부터 있어왔고, 지금도 그에 관한 제언들이 계속되고 있다. '낯설게 하기'란 다소 낯설었던 말도 더 이상 새롭지 않을 만큼 들었다. 수필문학은 이미 형식이나 내용면에서 많은 변화를 보이고 있으며, 퓨전수필, 메타수필, 이런저런 실험수필들로 장르의 영역확장과 다양성을 모색하고 있다. 문제는 수필문학에 있는 게 아니라 수필가인 '나'에게 있는 것이다. 새로움을 추구해야한다는 강박관념에 적잖이 짓눌리고 있다는 게 솔직한 고백이다. 산이 있고 골짜기가 있으나, 오르지 못해 주저앉고 뛰어넘지 못해 무너지면서 창작의 의지가 꺾이기도 한다. 창작의 길은 멀고 험난하다. 그럼에도 걸어야 한다. 발이 부르트도록 걸어야 한다. 앞은 여전히 오리무중이다. 그렇다고 되돌아갈 길이 보이는 것도 아니다. 오리무중인 채로 한 걸음 한 걸음 더디게, 무엇보다 치열하게 걷자.

(2010. 에세이포레)

길 그리고 그물망

1

봉산문화거리를 천천히 걷고 있었다. 화랑들을 기웃거리다가 「회화적 그물망」이란 걸개를 걸어놓은 전시관으로 들어갔다. 그날 이후 한동안의 시간이 흘렀다. '그물망'이 머릿속을 헤집고 다녔다. 별수 없지 않은가, 쓸 수밖에. 「그물망? 그물망!」이란 제목으로 수필을 썼다. 그림을 감상하면서, 글을 쓰면서 나는 매우 긴요한 결정結晶 하나를 얻었다. 그때 차용한 제목을 오늘도 차용한다.

'그물망'이란 말에 매료되었다. 화가의 촘촘한 그물망에 나무와 사람, 꽃과 빛이 걸려있었다. 수천수만 번의 섬세한 붓질이 있었다는 걸 느낄 수 있었다. '문학적 그물망'이란 말이 뇌리에 와 박혔다. 의식하지 못했고 이름 짓지 않았을 뿐 나에게도 분명 문학적 그물망이 있었던 게다.

내게 수필쓰기는 내내 '길'이란 단 한 글자로 압축되어 있었다. 시작은 있지만 끝이 없는 막막한 '길'의 이미지가 나의 수필쓰기였다. 오리무중인 그 길에서 만나고, 정들이고, 사유하고, 빚어내기가 글쓰기의 과정이었다. 그렇게 20년을 썼다. 그리고 여전히 오리무중인 채로 어정쩡하게 서 있다. 앞으로 수십 년을 더 쓴다할지라도 마찬가지일 터, 그런대로 하나의 명제를 더한다. 바로 '그물망'이다.

2

길은 동적動的이고 그물망은 정적靜的이다. 길 위에서 만나고 정들인 대상을 그물망에 섬세하게 드러내는 치열한 작업이 글쓰기의 시작이고 끝이 아닐까. 거미처럼 혼신을 다해 줄을 뽑아내고, 어부의 절실함으로 그물을 짤 생각이다. 누가 알겠는가, 모시나 삼베처럼 고운 그물망을 만들어낼 수 있을지.

대상을 오래오래 바라보고, 깊고 넓게 느끼며, 보이는 것과 보이지 않는 것 사이의 연결고리를 튼튼하게 잇는 시간을 가져야 한다. 사유의 시간이다. 마침내 한 편의 글을 쓴다. 각고까지는 아니더라도 나름대로 고뇌의 과정을 거쳤음에도 필경은 형편없이 성글고 모호한 결과물과 맞닥뜨리게 된다. 그것은 때때로 고통과 자괴감에 침몰하게 한다.

여기까지 쓰고 보니 이 글 또한 모호하다. '우수와 관념어'가 의식하지 못하는 사이에 끼어든다. 이른바 '날것'을 생생하게 드러내지 못해서 글에는 늘 현장감과 생동감이 결여되어있다. 글에 등장하는 인물을 대접하는 방식도 난감하다. '김수연, 할머니의 이름은 젊고 세련되었다.’란 문장을 썼다. 여든이 넘은 할머니의 이름이 그 시대에는 드물게 세련된 이름인 건 거짓이 아니다. 하지만 가명이다. 할머니의 실제 이름은 ‘김수연’만큼 예쁜 이름이다. 허락 없이 누군가를 글에 불러오는 건 언제나 조심스럽다. 해서 아예 화자만 있는 글을 많이 쓰다 보니 글에 진득한 사람냄새가 배어있지 않다. 게다가 익살과 풍자는 멀고 감동도 가깝지 않다.

글은 대개 무거우며 회색빛을 띤다. 글이 그러하다는 걸 인정한다. 다만 개성이라고, 백인백색 중 한 빛깔이라고 애써 생각해왔을 뿐이다. 가벼움은 무거움보다 더 견디기 힘들어서 그렇게 쓰노라고, 그게 내 영혼의 기록이라고 말해왔다. 앞으로 내 글쓰기가 여기서 한 발짝도 더 나아가지 못할지라도 그건 노력이 부족해서가 아니라 숫제 기량이 모자라는 것이라고 미리 말해둔다. 달라지기 위해 부단히 노력할 생각이다. 행여 달라지지 않더라도 그건 그것대로 어찌할 수 없는 진실이다.

3

여기쯤에서 수필쓰기의 마디마디를 살펴볼까 한다. 쓰기의 초입에는 대상이 있다. 대상이 없으면 동기유발이 없고 글도 없다. 사람이나 사물, 동식물, 자연이나 사회, 모든 형상과 현상이 다 소재가 된다. 모든 게 다 소재가 되기 때문에 쉽기도 하고 어렵기도 하다. 가볍게 만나서 표피만 긁적거려도 그럭저럭 한 편의 글이 되기는 하는데 결국에는 타작이 되고 만다.

당연히 후회가 뒤따라온다. 고백하건대 그렇게 쓴 모자란 글들이 적지 않다.

하지만 대체로 나는 소재를 굼뜨게 취한다. 이를테면「만추」「세월」등은 습작기 때부터 꼭 써보아야지 하고 공책에 적어두었던 50여 개의 제목들 중에서 다행히 적절한 소재를 만나서 글이 되었다. 소재도 없고 동기도 없는데 '꼭 그 제목으로 글을 써보아야지' 하는 욕심도 더러 생기는 법이다. 개인사나 가족사는 가슴에 너무 오래 머물러있어서 게워내지 않으면 안 될 때까지 기다렸다가 쓴다. 걸러지지 않은 감정이 문장 위에 부유물처럼 떠다니게 하지 않기 위해서다.

십 수 년 전의 가을날 달성공원 벤치에 앉아 있었다. 가을정취에 젖어 있다가 문득 앞을 바라보니 좀 떨어져있는 긴 의자에 할머니와 예닐곱 살쯤의 여자애가 검정비닐봉지를 중간에 놓고 연신 손을 넣어 무언가를 꺼내먹고 있었다. 평범한 그 모습이 참 아름답게 보였다. 거기서 세월을 보았다. 그리고 5~6년이 지난 어느 날 퇴근길에 집근처 경로당 마당에 놓인 평상에 앉아있는데 불현듯 공원에서 보았던 '세월'이 가슴에 와 꽂히는 것이었다. 수많은 날들을 '놀이터가 있는 경로당'을 지나다니고 앉아있었는데 그날「세월」의 소재가 비로소 또렷이 다가왔다.

최초의 영상은 공원에서 얻었지만 구체적인 소재를 취하면서 공원의 조손祖孫은 빠졌다. 그 정경은 내게 동기만 주고 사라졌다. 구성을 하는 과정에서 유기적 관계가 느슨했던 게다.

글감 그러니까 소재는 첫눈에 반해서 화들짝, 또는 오래 곰삭아서 천천히 그렇게 다가오는 것이다. 전자는 실패하고 후자가 성공하는 공식 같은 것은 없다. 글쓰기에서 늘 실패하고 아주 드물게 성공하는 걸 보면 그런 생각이 든다.

나를 사로잡은 중심소재 곁에 보조소재들을 모아들이고 과거와 현재 때로는 미래의 영상들까지 불러 모은다. 그 과정이 천착과 사유의 시간이다. 소재에 대한 천착, 글이 전하고자하는 메시지에 대한 사유는 언제나 미흡하다. 천착과 사유만큼 허기지도록 부족한 것은 없다는 생각이다. 그러거나 말거나 글은 써야하므로(글을 써야한다는 조급함이야말로 납득할 수가 없다. 준비가 부족한데 대체 왜 써야하는가.) 틀 짜기에 들어갈 수밖에 없다.

구성에 마음을 많이 쓴다. 글의 개요를 생각하고, 끙끙거리며 첫 문장을 떠올린다. 그런 다음 몇 개의 단락으로 놓을 것인지에 대한 본격적인 구성을 한다. 단락을 대표하는 낱말이나 문장을 적어놓고 그 차례를 본다. 그렇게 대략이라도 잡아놓아야 시작할 수가 있다. 의도하지 않았음에도 약간의 작위가 없을 수는 없다. 첫 생각대로 거침없이 써 내려가면 작위가 비집고 들어올 틈이 없겠으나, 종종 단락들의 차례가 바뀌기도 하고 소재의 첨삭이 발생하기에 그런 것이라 여긴다. 상상이 만들어낸 정황이 끼어들고, 액자를 넣기도 하고, 시점時點과 시점視點을 바꾸기도 하면서 글을 쓰지만 가지와 잎이 뿌리와 줄기를 흔들지 않도록 중심을 잡는다.

그리하여 쓴다. 쓰고 싶은 열정을 주체하지 못해서 쓰고, 등 떠밀려 쓰고, 티끌보다 못한 허명 때문에도 쓴다. 피로감과 함께 한 편의 수필쓰기가 끝이 난다. 그 끝이란 게 알고 있듯이 모양새에 불과하다. 퇴고가 남아있다. 이때쯤 진력이 나기 시작한다. 덮어둔다. 보기가 싫다. 한 주일쯤 지나면 결국 슬그머니 꺼내게 된다. 끝은 보아야 하지 않겠는가. 진정 작업다운 작업을 시작하는 것이다. 냉정해질 때다.

퇴고란 잘라내기이다. 접속사, 형용사, 부사들이 떨어져나간다. 비슷한 서술어들을 달리 표현하고 반복된 동어를 교체한다. 글을 쓸 땐 아무래도 감정과잉이 되는가 보다. 군데군데 감정이 넘친다. 그런 문장들이 또 빠진다. 대개 원고지 2~3장 분량이 자취를 감춘다. 그런 다음 읽어보면 글맛이 많이 줄어들었다는 느낌이 온다. 가슴이 쓴 것을 머리가 지우기 때문이려니. 퇴고한 글이 더 마음에 차지 않는다. 하여 퇴고하기가 싫다. 실수와 오류를 줄이기 위해 겨자를 씹으면서 퇴고를 거듭하지만 그래도 오류는 끈질기게 잔존한다. 난산이지만 산후의 희열은 작지 않다. 썼으므로.

4

오리무중인 채로 글쓰기는 계속된다. 그물망을 좀 더 촘촘하게 짜서 넓게 펼쳐놓고 그 위에 만나고 정들인 대상들을 천천히 그리고 싶다. 한없이 바라보고 또 바라보기를, 수천수만 번의 붓질을 마다하지 않으련다. 지상의 모든 아름다움과 추

함 속에서 궁극적으로 내가 찾아내고 싶은 것은 인간의 숭고
함이다. 글쓰기를 통해 더 깊어지거나 더 아름다워지겠다는
꿈은 접었다. 그냥 내 영혼이 글쓰기를 기뻐하기 때문에 쓴다.
　절반이상의 실패와, 절반의 절반도 되지 못하는 겨우 글꼴
을 갖춘 정도의 글을 빚어내면서도 이 지리멸렬한 글쓰기를
멈출 수가 없다. 숙명이라면 숙명이다. 시를 썼더라면 절절한
내 마음 더 잘 풀어냈을까, 더 빛날 수 있었을까, 를 생각해보
지 않은 건 아니지만 부질없다. 그건 마치 다른 남자를 만났더
라면 내 삶이 어땠을까, 만큼이나 의미 없는 일이다. 수필, 수
필쓰기야말로 내 첫사랑이며 마지막 사랑이다.

(2011. 에세이21)

사람들, 사람들로부터
―나의 문학, 나의 직업

삼십 대 중반, 그러니까 이십 수 년 전 어느 날 나는 까마득히 잊고 있었던 문학을 생각해냈다. 『약사공론』(대한약사회가 발간하는 신문)을 들추어보다가 「약사문예공모」란 박스기사를 읽게 되었다. 오래 잠자고 있었던 어떤 열망이 내 안에서 되살아나는 순간이었다. '제 17회', 그간에 못 봤을 리 없는데 하필 그날 그것이 화살처럼 날아와 가슴에 박힌 것이다.

당연히 응모하였고 어찌어찌 만들어 낸(그건 쓴 것이 아니라 축조한 것이었다.) 수필이 운 좋게 당선이 되었다. 수상소감을 쓰면서 프로스트의 「가지 않은 길」을 인용했다. 숲 속에 난 두 갈래 길, 운운. 지금 생각하면 잔뜩 겉멋만 부린, 진부하기 짝이 없는 내용이다.

나는 갑자기 내가 학창시절 내내 문예반에만 있었던 문학소녀였다는 걸 기억해냈고, 가고 싶었으나 가지 않았던 다른 길을 생각해냈다. 비로소 가지 않은 길의 초입이 저만치 앞에 있다는 생각을 한 것이다. 그것은 빛이었고 환희였다. 떨렸고 설렜다. 물론 그때는 그 새로운 길이 걸으면 걸을수록 험난하고 도대체 끝이 보이지 않는 오리무중의 깊은 숲길이란 걸 생각하지 못했다.

　"언제 글을 쓰세요?" 이따금 나에게 던져지는 질문에 "일하는 사이사이에 씁니다."라고 대답했다. 그랬다. 약국일이란 게 계속 이어지는 게 아니고 자리에 앉을 때가 많다. 그 자투리 시간들에 문장을 쓰고 그걸 이어붙이면 수필 한 편이 조각보처럼 내 눈앞에 놓였다. 하지만 그것도 옛말이다. 이 글을 지금 집에서 쓰고 있듯이 언제부턴가 일하는 중에 잠깐잠깐 나는 시간으론 글이 되지 않는다. 집중력, 정신력이 쇠퇴했다는 얘기다.
　어쨌거나 내 일터는 문학적인 삶을 살기에 꽤 괜찮은 곳이다. 쓰기는 점점 더 곤란해지지만 읽기는 아직 잘 된다. 읽기는 글쓰기의 토양이고 햇볕이며 바람이다. 읽고 또 읽는다. 아무리 읽어도 읽을거리는 넘쳐난다. 독자로서 나는 매우 행복하다, 다른 사람들이 이미 이렇게 많이 썼는데 내가 무얼 더 써서 보태랴 싶을 만큼. 읽기가 내 문학의 반 이상이다. 읽기의 열락을 일터에서 얻을 수 있다는 건 특별한 행운이다. 그 읽기에 비하면 내 글쓰기는 저급하고 초라하다.
　내 일을 천직으로 여기며 살아왔다. 여러모로 내가 해내기에 맞춤하다는 생각이다. 물론 고단하고 때때로 회의가 생기기도 하며 느닷없이 갑갑할 때도 있다. 하여 더러는 이 좁은 공간을 탈출하고 싶기도 하다. 푸념도 적잖게 해왔다. 하지만 일은 내게 많은 것을 깨우쳐주었다. 나는 하루에 수십 명 때론 그보다 훨씬 많은 사람들을 만난다. 그들은 대개 몸이 아픈 사람이고 또 살아낸 세월만큼의 상처를 지닌 사람들이다. 참으로 다양한 인간상을 보게 된다. 그 속에서 만나는 개별적 또는 총체적 인간에게서 내가 느낀 바는 형용하기 힘들만큼 깊고 넓고 크다.

사람들은 말한다. 어디어디가 아프다고. 그 아픔이란 것이 신체적인 경우가 대부분이지만 가슴속에 침식된 치유할 수 없는 헌데 같은 경우도 적지 않다. 고부갈등, 모녀갈등, 부자갈등들이 모여들고, 이웃사촌은 물론 사돈의 팔촌까지의 병력을 다 듣게 된다. 하염없이 말하면 하염없이 듣는다. 어디서 끊어야할지 모르는 길고 긴 서사를 그저 듣기만 한다. 내가 할 수 있는 일은 아무 것도 없다. 일제강점기부터 한국전쟁 그리고 오늘에 이르기까지의 역사책이 심심찮게 펼쳐지며, 한恨으로 점철된 개인사도 소설처럼 읽혀진다. 무너지는 한숨이 추임새처럼 들어가는 이야기들을 들으며 나는 조금씩 깊어진다.

건강염려증 환자, 살겠다는 최종목표에 목매는 사람, 삶에 대한 의지를 상실한 사람, 아이들, 어르신들, 그 사람들이 내 가슴을 젖어들게 하고 때로는 후벼 파기도 한다. 거기에는 생로병사의 고결함과 비루함이 있고, 눈물어린 서정과 살아있는 서사가 있다. 그 정감들과 내력들 속에서 내게로 건너오는 것

은 인간에 대한 연민이다. 문학은 궁극적으로 인간의 이야기
이며 인간의 이야기에서 핵심은 사랑이다. 내 글이 순전히 내
탓으로 보잘 것 없다 해도 그 속에 인간을 담았다면 그건 날마
다 나를 찾아오는 사람들이 내게 준 귀한 선물이다.

　소재를 선택할 때 되도록 일터에서 발생하는 것을 피한다.
실재實在하는 누군가를 글 속에 불러들이기가 조심스럽다는 게
이유이고, 직업이 드러나는 글들이 대체로 진부하다는 내 편
견 때문이기도 하다. 애써 피해왔는데 일이 나를 제한된 공간
에 항상 잡아두기 때문에 번번이 체험의 한계에 부딪치곤 한
다. 그리하여 어쩔 수 없이, 간혹 이건 꼭 쓰고 싶다는 핑계로
쓴 것이 생각해보니 꽤 여러 편 된다. 피했다는 게 무색할 지
경이다.

　일은 내게 피상적으론 읽기와 쓰기의 공간과 시간을 마련해
주었고 내면적으로는 나를 인간적, 문학적으로 성장시켜 주었
다고 생각한다. 또한 근무시간이 긴데다 그 긴 시간들이 일생
을 관통해오는 것이고 보면 내 직업과 문학은 많이 다른 두 개
의 세계이면서 서로 유리될 수 없는 유기적 관계에 있다고 하
겠다.

　앞에서도 말했듯이 내가 시간을 밀도 높게 사용하는 능력을
점차로 잃어가는 것 같아서 쓰기는 쉽지 않지만, 눈과 가슴은
아직 건재하여 읽고 느끼기에는 부족함이 없다는 생각이다.
다행스럽고 고마운 일이다. 다만 그 읽기란 것이 약사로서의

지식습득에 있지 않고 온통 문학지향이라는 것에 나를 찾아오는 분들에게 미안한 마음이 없지 않다. 고백하건대 나는 약사로서 유능하지 못하고, 수필가로서도 미치지 못한다. 그 자각이 때로 나를 아프게 후려쳐서 휘청거리게 하지만 그때마다 괜찮다, 괜찮다 하며 스스로를 다독인다.

일터에서 나는 책 속의 작가와 주인공들을 만나고, 책 밖에 실재하는 사람들을 만난다. 내 문장들은 대개 그 사람들로부터 시작된다. 그것으로 충분하지 않은가.

(2012. 대한문학)

'영혼의 기록'으로서 수필 쓰기

신 재 기

(문학평론가, 경일대학교 교수)

1. 따뜻한 인간애와 삶의 긍정

문학은 인간을 탐구하고 인간 삶의 구체적인 무늬를 탐색한다. 인간과 삶을 떠나서 문학은 존립할 수 없다. 인문학의 중심에 문학이 놓이는 까닭도 이 때문이다. 그런데 인간 삶은 다양한 요소의 유기적인 결합 가운데서 이루어진다. 그것을 탐구하는 문학은 인간 삶의 여러 요소를 고려하는 총체적인 시각을 지녀야 한다. 문학작품을 창작하는 작가는 자기 삶을 성찰하는 내면적인 근력을 가지는 한편, 우리 삶이 이루어지는 역사와 사회현실을 냉철하게 관찰하는 안목이 있어야 한다. 또한, 현실 세계뿐만 아니라 상상의 세계로까지 창의성을 확대할 가능성도 필수적이다. 자아와 타자, 내면과 외면, 주관과 객관, 의식과 무의식, 실제와 상상이 맞물리는 다변적인 삶의 모습을 재구성하여 새로운 의미와 가치를 창조하는 것이 문학 창작이다. 수필 쓰기도 이러한 문학의 기본 바탕 위에 있는 것은 당연하다.

수필 쓰기가 이러한 인간탐구라는 기본을 실천하는 데 중요한 것은 창작방법의 추구보다는 작가로서 견지해야 할 태도가 아닐까 한다. 인간과 세계에 대한 무한한 관심이 중요하다는 말이다. 그 관심이 애정으로 확대됨으로써 작가는 세상을 깊고 바르게 볼 수 있다. 세상 모든 것을 사랑으로 끌어안는 작가의 온기와 넉넉함에서 좋은 문학이 탄생하는 법이다. 물론 무작정의 관심과 애정으로만 작품이 저절로 만들어지는 것은 아니다. 작가는 개별적인 인간, 사회현실, 자연, 시간, 운명

등에 관한 깊은 사색을 통해 문제를 발견하고 인간적인 삶의 대안을 제시해야 한다. 그것은 삶의 구체성 가운데에서 보편성을 탐구하는 일로서 문학의 본질적인 측면이다.

허창옥의 수필도 문학의 이러한 본질적인 측면에서 출발한다. 대상을 바라보는 그의 시선은 우선 따듯하다. 그 따듯한 시선 속에는 인간애가 진하게 스며있다. 작가가 대면하는 인물이나 자연뿐만 아니라 자기 자신까지도 사랑과 긍정의 품 안으로 보듬어 안는다.

작품 「해피엔딩」을 읽어 본다. 비가 부슬부슬 내리는 어느 날 오후 낮선 할머니 한 분이 커다란 폐지 뭉치를 끌고 와 비가 그치면 찾아가겠다고 하면서 화자의 약국에 맡기고 갔다. 그런데 일주일이 지나도록 할머니는 그것을 찾아가지 않았다. 지쳐서 더는 신경 쓰지 않기로 하고 얼마 되지 않아 그 폐지 뭉치가 감쪽같이 사라지고 없었다. 폐지 수집하는 사람이 약국을 수시로 드나드는지라, 화자는 그것을 누가 가져갔든 가져간 사람한테는 좋은 일이니 결과적으로는 '해피엔딩'이라고 생각한다. 낮선 할머니 처지를 생각하여 폐지 뭉치를 일주일 이상 보관하는 일은 쉬운 일이 아니다. 약국을 경영하면서 폐지를 수집하러 오는 서너 단골에게 골고루 신경을 쓰는 화자의 따뜻한 배려는 단순한 연민이나 윤리를 넘어서는 삶의 철학이 있기 때문에 가능하다. 노인들이 새벽부터 골목을 누비며 '폐지전쟁'을 치르면서 수집하지만, 그들이 "손에 쥔 돈은 가랑잎처럼 가벼웠다."는 언급에서 현실과 인간을 바라보는 작가의 인간애 넘치는 태도가 잘 드러난다. 사회의 그늘에서 힘들게 살아가는 사람들에 대한 작가의 따뜻한 관심은 다른 작품에서도 자주 만날 수 있다. 작품 「사막에서 버티기」는 시장 한 모퉁이에서 야채 노점을 하는 체구 작은 여자에 관해 이야기다. 어느 날 화자가 시장에 들렀는데, 야채 노점 여인의 남편과 운동화 노점상 남자 사이에 싸움이 벌어졌다. 신부전증을 앓는 그 여자의 남편이 싸움에서 밀리자, 여자는 상대편 남자에게 온몸을 던져 대항한다. 이 장면을 목격한 작가는 이렇게 말한다.

누가 말했던가, 삶은 사막에서 버티기라고. 그 버티기에서 밀려날까 두려워 여자의 남편은 벽처럼 완강한 이웃 남자 앞에 맹렬히 일어났으나 밀리고 말았다. 일곱 살, 네 살, 두 아들의 젊은 엄마는 허약한 남편을 위해 온몸으로 막아섰다. ─(중략)─ 내가 뭘 안다고, 여자가 얼마나 절실한지, 장터에서 버티는 게 무엇인지 어찌 짐작이나 한다고. 아니야, 나도 알아, 나도 많이 힘들거든, 한세상 살아내기는 누구에게나 지독하게 숨찬 일이거든. 그러니 훈이네 이 사막에서 우리 함께 버텨요, 혼잣말을 하며 저물녘의 시장골목을 걸어 나온다.

시장골목에서 야채 노점상을 해서 두 아이를 키우고 남편 병시중까지 해야 하는 여인은 주어진 현실과 온몸으로 부딪치면서 치열하게 살아갈 수밖에 없다. 여자의 남편 또한 마찬가지다. 병을 앓는 그에게 생활은 생존과 직결되어 있다. 맞서 싸우는 운동화 노점 사내에게도 삶의 절박함은 다를 바 없을 것이다. "건실한 직장을 다니다가 해고당했을 수도 있고 사업을 하다가 길바닥으로 내몰렸을 수도" 있기 때문이다. 이러한 삶을 두고 작가는 '사막에서 버티기'라고 한다. 그런데 여기서 작가가 어떤 태도에서 이 말을 하느냐는 매우 중요하다. 작품에서 화자는 관찰자 입장에서 이야기를 하는 것같이 보인다. 목격한 바를 관찰하고 설명하는 관점에 선다는 것은 시장 노점상인의 구체적인 삶을 추상적인 언어로 왜곡할 수 있다. 즉, 〈세상살이는 누구에게나 '사막에서 버티기'와 같은 것이니 참고 견디면 좋은 날이 올 것이다.〉는 식의 추상적인 단정이나 교조적인 가르침으로 끝날 수 있다는 것이다. 이러한 관점은 사태를 단번에 정리하기 때문에 삼박한 정답을 확인하는 것처럼 시원하게 느껴질지 모른다. 그렇지만 이 순간 현장의 구체성은 사라지고 만다. 작가의 경험이 전제된 인간적 한계가 솔직하게 고백되었을 때 삶의 현장성이 피부에 와 닿고, 그것에 함유된 메시지가 설득력 있게 다가올 것이다. 이 작품에서 "나도 힘이 든다"는 작가의 구체적인 경험이 드러나지 않지만, "이 사막에서 우리 함께 버텨요"라는 진술에서 '함께'라는 부사가 함축하는 의미는 크다. 이 말 속에는 〈너의 삶이 힘들겠구나, 나도 그렇다, 우리 함께 버텨보자.〉라는 동류의식이 작동한다. 작가는 처음부터 객관적인 관찰자가 아니라 자신의 주관적인 경험을 이야기 대상에 투사했음을 알 수 있다. 수필적 자아가 대상에 투사되어 나타나는 동일화가 이루어지고 있다. 그럼으로써 작가의 인간과 세상을 바라보는 시선이 더욱 따듯하게 느껴지는 것이다.

대상을 향하는 따뜻한 시선은 주어진 것을 그대로 수용한다는 긍정의 태도다. 허창옥 수필에 나타나는 이러한 긍정의 태도는 이성적이고 도덕적인 판단에서 나온 것이 아니라, 작가의 직접적인 인생체험에서 체득되어 거의 무의식적으로 발현된다. 어쩌면 그의 따뜻한 인간애는 천성인 것 같기도 하다. 그는 약국이라는 좁은 공간에서 삼십 년 넘게 일해 왔다. 겉으로 보면 이곳은 사회와 단절된 고립된 공간일 수 있다. 공간의 물리적인 조건이 그렇다는 것뿐이다. 약국을 찾는 사람은 하루에도 수십 명에 이른다. 허창옥은 약사이면서 수필을 쓴다. 약국을 찾는 수십 명을 약사로서만 대하면, 그곳은 고립된 공간일 수 있다. 하지만 작가는 그들을 따뜻한 시선으로 바라본다. 겉모양만 보는 것이 아니라 그들의 아픔까지 이해하고 보듬으려 한다. "그들은 대개 몸이 아픈 사람이고 또 살아낸 세월만큼의 상처를 지닌 사람들이다. 참으로 다양한 인간상을 보게 된다. 그 속에서 만나는 개별적 또는 총체적 인간에게 내가 느낀 바는 형용하기 힘들 만큼 깊고 넓고 크다." (〈사람들, 사람들로부터〉에서) 다양한 사연을 가진 사람들의 아픔과 삶의 추임새를 들으면서 허창옥의 수필은 갈수록 깊이를 얻게 된다. 그것이 가능했던 것은 타인의 삶을 이해할 수 있는 넉넉하고 긍정적인 마음의 품을 지녔기 때문일 것이다.

2. 고독에서 자기 발견

허창옥의 수필을 굳이 유형화한다면 사색형에 가깝다. 사실 이러한 명명은 별 의미 없는 일일 수도 있다. 수십 년 동안 집

적된 한 작가의 작품 세계를 하나의 그물망 안에 가두어 재단하는 자체가 불가능하다. 그뿐만 아니라, 예술이나 문학은 원래부터 개인의 내면적 사색에서 출발하지 않는가? 문학 창작은 개인적인 고독의 공간에서 자신의 내면을 들여다보는 일이다. 밖의 세상에 관해 말한다 해도 작가의 개인적인 삶은 그것에 직·간접적으로 투사될 수밖에 없다. 인간 존재의 개인성과 독자성에 근거하는 사색은 문학의 필수적인 요소다. 그렇지만 개별적인 부정형의 사색이 작품에 구체적으로 투영되는 모습과 강도는 각기 다르다. 그 차이에서 작가의 고유한 문학 세계가 드러나는 것이다. 특히, 자기 생각을 중심에 두고 내가 나를 이야기하는 형식이 수필이 아닌가. 따라서 한 작가의 수필 세계를 파악하려면 그 작가의 내면적 사유가 작동하는 코드와 회로를 따라가 볼 필요가 있다.

내면적 사색의 가장 적합한 서식지와 조건은 '혼자 있음'이다. 혼자 있는 공간과 시간에서 자기 생각과 내면 의식은 활발한 부화 활동을 이어간다. 물리적인 시간과 공간에서 혼자 있음이 정서적인 측면과 연결될 때 발생하는 것이 '고독'이라고 한다면, 고독은 창조적인 예술 활동에서 필수적이다. 왜냐하면 고독은 예술가 내면의 잠재적인 예술성을 길어 올리는 최적의 동력이기 때문이다. 예술작품은 예술가의 내면적인 고독에서 잉태한 현실적 결과물일 셈이다. 창조적인 열망이 강한 작가일수록 자기 자신을 고독으로 단련시키는 것은 우연한 일이 아니다. 허창옥의 수필이 보여주는 내면적 사색을 따라가 보면, 고독에 대한 갈망을 만나게 될 것이다.

작가는 작품 「섬」에서 "장 그리니에가 말한 비밀스러운 삶, 조용한 삶"을 살고 싶다고 말한다. 현대인이면 누구나 단순하고 조용한 삶을 갈망한다. 현대인은 너무 많은 일에 파묻히고 너무 복잡한 인간관계에 둘러싸여 살아간다. 반복되는 이러한 일상에서 '나'의 존재는 점점 위축되고 상실되어 갈 수밖에 없다. 존재의 상실과 영혼의 고갈에 따른 위기의식이 고조되는 가운데에서 심리적인 탈출구를 찾는 일은 당연하다. 단순하면서도 조용한 삶을 갈구하고 고독 속으로 자신을 밀어 넣고 싶은 것은 심리적 치유를 위해서는 자연스러운 길이다. 작가는 고독을 좋아하는 까닭을 이렇게 말한다. "홀로 있으면 쓸쓸하지만 동시에 한없이 충만하다. 시간과 공간을 오롯이 혼자 차지하고 있다는 넉넉함이 있기 때문이다."(「자정」에서) 혼자 있는 고독은 외롭다. 그러나 적요함과 외로움에 직면하고서야 드디어 충만함을 얻을 수 있기에 고독을 갈망하는 것이다. 시간과 공간을 혼자 차지하고 있다는 충만함과 넉넉함은 고독만이 줄 수 있는 선물이다. 고독에 들어감으로써 어둠에 묻혔던 내 존재가 빛을 발하고 확대된다. 고독은 진리를 찾으려는 구도자가 선택하는 길이다. 사회적인 명예와 부는 진리를 가리는 그늘이다. 복잡한 관계를 벗어던지고 투명한 고독에 있을 때 진리의 가치와 참된 삶의 의미를 발견할 수 있다. 그리고 고독은 세계와 타자로부터 고립하여 나 개인을 세우려는 자기중심적인 것이 아니라, 더 큰 존재와 세계를 만나기 위한 자기발견이다.

수필가 허창옥이 갈망하는 고독은 단지 번잡한 일상으로부터 탈출하기 위한 수단이거나 현실 생활의 스트레스를 치유하기 위한 심리적인 반응의 차원이 아니다. 심연에 존재하는 진정한 자기를 찾는 일이다.

① 그 모든 것들을 되돌아보고 또 들여다본다. 근심과 슬픔은 다스려서 엷게 펴고 분노와 앙금은 걸러내서 무게를 줄인다. 그게 온전하지 않아서 이미 셀 수도 없이 거듭하였고 또 거듭하게 되겠지만……. 자정이란 여과장치를 통해서 또 하나의 어제를 보낸다. 그래서 오늘을 조금, 아주 조금 다르게 시작하려 한다. 그런 마음이 들게 하는, 그렇듯 나의 심연이 또렷이 보이는 자정을 에워싼 이 시간이 좋다. (「자정」에서)

② 아득하다. 내가 앉은 여기와 저 배가 닿을 포구 사이가 아득하다. 그 아득함이 좋다. 어떤 곳에서 아스라이 멀어져 홀로 앉아있는 것은 얼마나 근사한가. 여기는 미궁이다. 섬에 난 길은 미로다. 하지만 이 길은 미노스가 만들지 않았고 나는 죄가 낳은 미노타우르스가 아니다. 영혼이 아름다운 사람이 만든 미궁이며 향기 가득한 미로이다. 나는 스스로 미궁에 갇히고 싶어 한다.(「꽃섬, 꽃바람」에서)

한밤중을 뜻하는 '자정'은 고독의 시간을 상징한다. ①에서 작가는 자정에 혼자 깨어 고독 속에 빠지기를 좋아한다. 이유는 무엇인가? 지난 시간과 자기 자신을 되돌아보고 성찰할 수 있기 때문이라고 한다. 희로애락에 휘둘렸던 일상의 부피와 무게를 줄여 어제와 다른 오늘을 시작하기 위함이라고 한다. 관성에 의해 또다시 제자리에 돌아가고 말겠지만, 그렇게 되풀이하다 보면 언젠가는 심연 속에 가라앉은 순수한 자아를 만날 때가 있으리라고 기대한다. 순수한 자기와의 대면은 절대고독의 순간에만 가능하다는 말이다. 고독은 외적으로는 닫힘이지만, 내면에서는 열림인 것이다. 그 열림으로써 얻는 무한한 해방과 자유가 작가 허창옥이 고독을 갈망하는 이유이다. 이러한 고독은 ②에서 섬의 이미지로 대치된다. 육지로부터 멀리 떨어져 아득하면 아득할수록 더 좋다. 육지는 현실적인 경계와 영리한 술책으로 가득한 곳이다. 섬은 이곳으로부터 떨어져 있는 공간일 뿐 아니라, 영혼이 아름다운 사람이 만든 미궁이고 향기 가득한 미로이다. 미궁과 미로는 ①에서의 절대고독과 같은 것이다. 미궁과 미로는 혼돈의 의미가 아니라, 영리한 계산이나 현실적인 욕망이 작동하지 않는 자유와 평화의 상태를 말한다. 수필가 허창옥은 동경하는 공간은 고독으로 둘러싸인 섬이다. 섬은 현실 도피처가 아니다. 그의 삶이 궁극적으로 꿈꾸는 유토피아라고 할 수 있다. 거기서 작가는 자기 존재의 진정한 모습을 만나고자 한다.

수필가 허창옥이 갈망하는 고독과 섬에는 독서와 글쓰기가 있다. 독서와 글쓰기는 그가 이르고자 했던 고독과 섬의 다른 이름이기도 하다. 작가는 작품 「밤새워 책읽기」에서 자신의 버킷리스트 세 번째 항목이 '밤새워 책읽기'라고 한다. 그의 수필 중 많은 작품이 화제를 독서에서 취했다. 그가 독서를 많이 하는 수필가라는 점은 작품 곳곳에서 확인할 수 있다. 그래서 '내 생애의 책 백 권'이라고 하면서 그 목록을 정해 놓고 있다. 목록까지 미리 정해 놓고 밤새워 책을 읽고자 하는 이유를 책을 읽는 동안 "내 영혼은 환호하고 헛헛한 내면은 배부르려니, 책이 내게 지성과 감성의 성찬을 차려주는 까닭"이라고 한다. 허창옥에게 책과 글쓰기는 내면의 정신적 허기를 해소하고 진정한 자아를 찾아가는 길이다.

3. 현실과 이상

오래전부터 예술과 문학의 본질을 존재물의 모방이라고 생각했다. 현실을 있는 그대로 잘 그려낸 것을 좋은 작품으로 평가했다. 하지만 예술은 현실을 그대로 재현할 수 없다. 예술가의 주관적인 생각과 느낌을 온전히 묶어두고 대상을 투명하게 재현하는 일은 불가능한 일일뿐더러, 그렇게 할 이유도 없다. 창작 과정에는 언제나 예술가의 의도와 욕망이 투입되기 마련이다. 현실의 결핍과 인간의 운명적 한계를 반영한 것이 문학이고 예술이라는 뜻이다. 이런 점에서 그것은 일종의 꿈꾸기이고 가능성의 발견이라 할 수 있다. 이러한 꿈꾸기는 현실 문제를 해결하고 궁극적으로는 우리 사회를 변혁하려는 야심 찬 기획을 시도하기도 한다.

허창옥 수필의 한 축은 바로 이러한 꿈꾸기에 깊이 뿌리를 내리고 있다. 그것은 "무엇을 하고 싶다."라는 방식으로 드러난다. 앞에서 언급한 '조용하고 단순한 삶을 갈망한다.' '미궁에 갇히고 싶다.' '밤새워 책 읽기를 좋아한다.'도 같은 맥락에서 이해된다. 누구나 무엇을 바라고, 무엇을 하고 싶어 한다. 이를 총칭하여 욕망이라 할 수 있다. 이 같은 욕망이 본능적이고 세속적인 차원에서만 머문다면, 윤리적인 타락을 재촉하는 결과를 낳고 말 것이다. 그러나 지금은 보이지 않지만, 가능성에 근거하여 인간 존재의 핵심에 닿아 있을 때, 우리는 그것을 '꿈과 희망'이라고 한다. 눈앞에 없지만 있거나 있을 수 있다고 믿는 꿈이야말로 인간 존재의 원동력이다.

우리의 삶은 현실적인 욕망의 끝없는 늪에 빠져 허우적거리는 형국이다. 욕망을 내려놓고 비워야 한다고 배우지만, 일상은 언제나 욕망의 유혹에 넘어가고 만다. 솟구치는 욕망과 그것을 누르려는 의지와 실천이 팽팽하게 맞서는 가운데에서 살아간다. 인간 사회와 제도는 윤리적인 규약을 앞세워 개인의 본성에서 우러나오는 자연적인 욕망까지 제한하고자 했다. 사회적인 통념과 도덕적인 관습에 적응하려는 개인도 자신의 욕망을 무조건 절제하는 것이 미덕이라고 생각하고 행동하는 데 익숙하다. 때로는 자신의 욕망에 솔직해질 때 세속적인 욕망에서 자유로울 수 있다는 역설이 성립한다. "종심소욕 불유구 從心所慾 不踰矩"도 가능한 일이다. 작가는 작품 「매화잠」에서 자신의 욕망에 충실하고 싶은 이러한 심정을 잘 표현하고 있다. 일상의 욕망이 대개는 현실과 상충하여 엉뚱하고 허망하다는 것을 작가는 알고 있으나, 한편으로는 그것에 온전히 자신을 맡기지 못한 것에 대해 자조 섞인 투로 술회한다. 어느 날 매화잠을 꽂고 싶다는 욕망에 사로잡힌다. 느닷없이 닥친 뒤늦은 그 욕구에 대해 "한 개의 비녀면 어떻고 단 한 번의 사랑이면 어떠하리. 세상이 경멸해 마지않는 명예나 재화면 또 어떠리. 무엇에도 나를 온전히 바치지 않았다는 생각이 든다."라고 한다. 자기 자신을 욕망 밖으로 밀어내려고만 했지 그 욕망 자체에 온전히 맡기지 못했다는 것이다. 작가의 사유가 더 이어지지 않고 있어 확언하기는 어려우나, 때로는 욕망에 자신을 온전히 맡기는 것이 솔직하고 순수한 삶의 자세일 수도 있다는 점을 암시하는 듯하다.

　무엇을 꿈꾸고 바라는 일, 즉 꿈과 희망은 '환幻'과 '이상理想'의 속성을 지닌다. 이상은 현실을 벗어나 비상하여 도달하려는 목적지다. 일상 현실이 땅의 구속이라면, 이상은 하늘의 비상과 자유다. 그런데 일상의 구속은 항상 벗어나야 할 조건이고, 이상 세계의 자유는 영원히 추구해야 할 가치 있는 목표인가? 양자를 서로 단절된 극단이라고 생각하는 것은 오해다. 이상은 현실의 결핍과 한계를 토대로 생성하는 에너지다. 또한, 현실은 이상적인 목적지를 정하고 그 방향으로 나아간다. 서로는 같은 고리에 연결되어 있다. 꿈과 이상이 없는 현실은 감옥과 다를 바 없을 것이고, 현실적인 근거를 상실한 이상은 줄 끊어진 연과 같을 것이다. '무엇을 하고 싶다'는 작가 허창옥의 갈망과 꿈은 이 대목에서 막연한 정서적 장식이 아니라 삶의 철학으로서 논리를 확보한다.

　「새」라는 작품을 읽어보자. 작가는 '일상과 이상'이라는 테마로 개최되는 조각전에서, '여행'이라는 조각품에 관해 이야기한다. 새의 몸통에 사람을 앉혀 놓은 형상을 하고 있는 조각품이다. "하늘을 향해 한껏 길게 뻗친 부리와 목에서 수직상승의 의지를, 수평으로 쫙 펼친 두 날개에서 무한 창공을 날고 싶은 열망을 느낄 수 있었다."라고 말한다. 작가는 땅을 박차고 수직상승하여 넓은 창공을 나는 새의 형상에서 새가 되고 싶은 사람의 의지와 열망을 느낀다. 그리고 바람을 가르고 하늘을 날아가는 새를 상상하면서 '여행'이라는 조각품의 메시지를 '자유'라고 읽는다. 이어서 자신 안에 지금까지 한 마리 새를 가두고 새장 주인으로서 살아왔다는 생각에 이른다. 자신의 삶이 새를 새장 밖으로 날려 보낼 방도도 찾지 못하고, 이따금 그저 파닥거리는 새의 날갯짓과 지저귀는 소리를 듣는 것에 불과하다는 것이다. 새를 새장에 가두어두듯이 자기 꿈을 가슴에 품기만 하고 살아왔다는 뜻이다. 항상 비상의 꿈을 마음에 간직했으나 창공을 날려고 날개를 펴지 못했던 지난 삶에 대한 회한이 함축되어 있다.

작가는 출퇴근길에 신천을 지나면서 자주 백로의 우아한 날갯짓과 아름다운 자태에 행복감을 느낀다. 그런데 어느 날 신천 산책로를 걷다가 강물에 발을 담그고 연신 먹이를 쪼는 검은 새를 발견하고, 그 새를 바라보며 마음이 아렸다고 한다. "둥지로 돌아가 잠을 자야 할 시간에 왜 아직도 시린 물에 발목을 묻은 채 먹이를 구하고 있는가."라는 생각이 들었기 때문이다. 창공을 나는 새에서 자유를 느낄 수 있었으나, 밤늦도록 먹이를 찾는 검은 새에서는 일상의 고단함을 본다. 여기서 작가의 통찰은 새의 양면성에 이르게 되고, 인간 삶도 이와 다를 것이 없다는 생각에 도달한다. 작가의 깊고 견고한 주제의식이 잘 드러나고 있다.

새가 꿈꾸고 내가 열망하며 동시에 내 안의 새를 날려 보내고 싶은,

그 자유란 그러니까 단순히 일탈에서 얻어지는 것은 아니다. 그것은 곤고한 일상의 뒤에 찾아오는 것이며, 겨운 날갯짓으로 헤쳐나가서야 비로소 이를 수 있는 편안한 마음 또는 얽매이지 않는 정신일 터이다. 온갖 것에 얽매여 저 창공을 날지 못한 내 안의 새는 오늘도 힘찬 비상을 꿈꾸며 다만 하루치의 날갯짓을 끝낸다. (「새」에서)

우리 삶이 현실과 이상의 관계에서 어떻게 작동되는지에 대한 작가의 관점이 설득력 있게 전개된다. 새처럼 하늘을 자유롭게 날고자 하는 인간의 열망과 꿈은 일상의 일탈로 쉽게 얻어지는 것은 아니라고 말한다. 이상과 꿈은 일상 현실의 곤고함을 딛고 일어섰을 때 실현 가능한 것이며, 그것에 도달하기 위해 힘겨운 노력이 뒤따랐을 때 얻을 수 있는 편안하고 자유로운 정신이라고 해석한다. 현실에 매개되지 않은 이상과 꿈은 말 그대로 환상과 꿈에 불과하다는 뜻이다. 개인의 주관적인 생각과 느낌이 자아를 벗어나 외부 세계로 매개될 때 뚜렷한 관점으로 정립될 수 있음을 말해 준다. 많은 수필이 개인적인 이상과 꿈을 이야기하고 갈망하지만, 현실적인 문제와 연결되지 못하므로 말미암아 낭만적인 주관의 과잉으로 끝나고 마는 것을 자주 목격한다.

작가 허창옥은 작품을 통해 섬의 고독을 갈망하고 이상과 자유를 꿈꾸지만, 그것은 언제나 현실에 대한 긍정의 바탕에서 출발한다. "일상은 고단한 날개 위에 내려덮이는 어둠이며 늦은 저녁의 허기이고 시린 발목이다. 그럼에도 불구하고 일상은 살아 있음의 환희와 자잘한 기쁨의 원천"(「새」에서)이라고 한다. 작가의 이러한 관점이 분명하게 드러나는 부분이다. 밥에 관한 다음과 같은 진술에서도 삶에서 일상현실이 차지하는 의미를 작가가 어떻게 보고 있는지 잘 드러난다. "이제까지 먹었던 밥들, 남은 날 먹게 될 나의 밥에 깊이 고개 숙인다. 밥은 숭고하다. 밥은 절절하다. 밥은 형이하학이며 동시에 형이상학이다."(「밥」에서) 밥은 인간 삶의 구체적인 현실을 상징한다. 밥은 일상의 자질구레한 문제에 지나지 않는 것일지 모르지만, 그 어떤 이념이나 사상보다도 우리의 삶의 원리로 작동한다는 말일 것이다. 일상의 의미를 발견하고 그것의 가치를 새롭게 해석하는 것이 수필의 본령이다. 허창옥 수필의 깊이와 그 품격을 가늠해볼 수 있는 대목이다.

4. 문학적 그물망

수필가 허창옥은 자신의 글쓰기가 특정한 목표를 이루기 위한 것은 아니지만, '내 영혼의 기록'이라는 분명한 지향점은 가지고 있었다고 한다. 그리고 자신이 지향하는 바가 흔들릴 때도 있었으나 글쓰기에 대한 열정만은 한결같았다고 말한다. 여기서 '영혼의 기록'이라는 발언에 주목해 본다. 이 말은 허창옥 수필의 특징을 한마디로 요약해 주기 때문이다.

수필은 자아를 드러내는 글쓰기다. 작가는 우선 자기 안에 있는 내면의 의식과 생각을 말한다. 즉, 자기 자신에 관해 이야기한다. 이야기하는 주체도 자아이고 그 대상도 자아이다. 화자와 이야기가 일치하는 글쓰기 방식이 수필이다. 그래서 수필 쓰기를 자기고백이라고 하는 것이다. 수필가가 자기 밖의 것에 관해 이야기할 때도 자아를 완전히 괄호 속에 가두어 두는 것은 아니다. 밖의 것도 자기 안으로 끌어들여 자아의 속에 깊이 담갔다가 건져낸다. 자아가 대상에 스며든 농도의 차이는 있으나 순전히 대상만이 객관적으로 드러나기는 어렵다. 수필 작품 가운데에는 자아가 어떤 모습으로든지 녹아있기 마련이다. 이처럼 자아가 직접 드러난다는 점이 수필의 특징이다. '영혼의 기록'을 창작 원리로 삼았던 허창옥은 수필 쓰기의 이 같은 본질적인 측면을 모범적으로 수용한 작가라 할 수 있다. 이는 문학적인 성패와는 무관하게 그의 수필세계가 드러내는 가장 특징적인 면이다. 그의 작품에서는 작가 내면의 풍성한 사유와 정서가 넘친다. 사유의 무늬가 아주 섬세하다. 하나의 생각은 여러 갈래로 갈라져 서로 조화를 이루며 병렬한다. 독자는 그러한 작가 사유의 흐름을 따라가면 된다. 작가가 독자에게 어떤 메시지를 강요하거나 윤리적 가르침을 주려고 애쓰지 않기 때문이다. 허창옥 수필에서 언어들은 작가 안으로 흐른다. 그의 자기표현 혹은 자기고백으로서 수필의 특징을 가장 잘 살렸다고 할 수 있다.

　다시, '영혼의 기록'이란 말에 주의를 더 보태어 보자. 이 말이 단지 자신을 솔직하게 드러내거나 고백한다는 뜻으로 사용된 것은 아닐 것이다. 모든 언어 행위가 자신의 의식이나 생각을 문자로 남기는 일인데, 작가가 이렇게 말한 뜻은 무엇인가? '영혼'이라는 어휘 속에는 이미 가치가 내포되어 있다. 순수하고 진실한 자아를 만나는 일이다. 순수하고 진실한 자아는 이미 만들어져 어디에 숨어 있는 것이 아니다. 그것을 만난다는 것은 자아를 그렇게 만들고 가꾸어간다는 의미다. 허창옥이 말하는 '영혼의 기록'은 자신에게 수필 쓰기는 아름답고 순수한 영혼을 다듬어 가는 지난한 과정이라는 뜻이다. 허창옥은 자신의 수필 창작 과정을 '길 떠나기 그리고 걷기'에 비유한다. 그 길을 걸어가는 과정을 몇 단계로 나누어 설명한다. 〈오리무중→ 만나기→ 정들이기→ 사유하기 → 빚어내기→ 오리무중인 채로〉가 그것이다. 그만의 독특한 창작방법이다.

우선 쓰려는 대상에 대한 작가의 천착이 두드러진다. "천착을 수필 쓰기의 으뜸가는 미덕"(「길 떠나기 그리고 걷기」에서)이라고 말할 정도다. 수필 쓰기의 길을 떠나면서 대상을 만나 정들고 그것에 대해 깊이 사유하는 것이 무엇보다 중요하다는 것이다. 그중 '사유하기' 단계를 작가는 이렇게 말한다.

눈을 맞추고 말을 건네서 정이 든 대상, 또는 글감이 담고 있는 의미는 무엇일까. 그 의미를 어떻게 읽어낼 것인가. 읽어 낸 의미는 인간의 삶과 어떤 유기적 관계에 놓인 것인가. 삶아도 보고 푹 고아도 보아야 하는데 날것인 채로 겉절이를 하거나 기껏해야 데치기만 하여 내어놓지 않았던가. 몇 개월, 몇 년을 묻어두고 숙성시켜서 오래도록 잊히지 않는 깊은 맛을 내야 하는데……(「길 떠나기 그리고 걷기」에서)

대상에 대한 깊은 사유를 강조한다. 깊은 맛이 우러나올 때까지 대상을 사유를 통해 숙성시켜야 한다는 것이다. 여기서 작가는 온통 대상 쪽에 관심을 집중하는 것같이 보인다. 겉으로 보면, 대상이 글쓰기의 중심이라는 오해를 자아낸다. 글의 의미와 가치를 결정하는 것은 대상이라는 논리로 읽힌다는 말이다. 그러나 대상을 숙성시키는 사유의 주체는 글 쓰는 작가이다. 대상을 바라보는 작가의 시각과 관점이 중심에 놓인다. 대상을 다치지 않고 정확하게 표현하거나 대상의 진실을 찾아내는 글쓰기가 아니라, 대상을 매개로 하여 자아의 내적 진실을 발견하고 정신을 아름답게 가꾸는 글쓰기가 되어야 한다는 주장이다.

진정한 자아를 찾아 길을 나서는 글쓰기는 오리무중에서 출발하는데, 한 편의 글을 끝냈다고 해서 그 길이 환하게 드러나지는 않는다. 자아와 세계의 만남이 이루어지는 인간 삶의 광장은 광활하여 길은 멀고 험난하다. 그래서 글쓰기의 마지막 단계도 처음같이 '오리무중'인 것이다. 삶의 진실은 찾아 손에 넣을 수 있는 어떤 것이 아니라, 찾기 위해 길을 떠나 걸어가는 과정 그 자체이다. 한 편의 글이 완성되었다고 해서 작가의 고민은 끝나지 않는다. 글쓰기는 인생과 세계에 대한 작가의 고민과 사색이 연속되는 과정이다.

오리무중의 길을 걸어가는 힘든 여정이 글쓰기라고 한다면, 어두운 길을 밝히고 제대로 걸어갈 길을 찾는 방법은 없는가? 작가 허창옥이 제안하는 방법과 가능성이 바로 '문학적 그물망'이다. '회화적 그물망'이라는 말을 응용한 것이다. 고기를 잡는 것이 그물이다. 어부가 그물로 고기를 잡듯이 예술가도 자기만의 고유한 방법으로 예술작품을 창작한다. 그런데 예술이나 문학의 그물망은 고기 잡는 그물과 같이 단순한 도구나 방법만을 말하는 것을 아닐 것이다. 문학의 경우, 그 그물망은 작가가 대상을 형상화하는 언어에서부터 작가의 세계관과 창작 태도 등에 이르기까지 작품 창작에 투여된 모든 총량을 뜻한다고 하겠다. 이렇게 보면, 그물망은 막연하다. 모호한 추상이 아니라 구체적인 방법으로서 그물망이 필요하다. 그 작품을 창조하는 데 요구되는 최상의 방법일 수도 있고, 대상의 진실을 포착해내는 작가의 역량일 수도 있다. 어떻든 문학이 하나의 작품으로서 실체를 가지는 것은 언어인 만큼, '문학의 그물망'은 결국 언어 문제를 벗어날 수 없다. 그물코가 촘촘하고 그 줄이 질겨야 고기를 놓치지 않듯이, 문학의 그물망도 대상의 진실이나 작가의 말하려는 의도를 잘 드러나도록 해야 할 것이다.

> 길은 동적動的이고 그물망은 정적靜的이다. 길 위에서 만나고 정들인 대상을 그물망에 섬세하게 드러내는 치열한 작업이 글쓰기의 시작이고 끝이 아닐까. 거미처럼 혼신을 다해 줄을 뽑아내고, 어부의 절실함으로 그물을 짤 생각이다. 누가 알겠는가, 모시나 삼베처럼 고운 그물망을 만들어낼 수 있을지. (「길 그리고 그물망」에서)

허창옥이 착안한 '문학의 그물망'이란 개념은 수필 창작에 관한 그의 자의식이 얼마나 깊고 진지했는지를 짐작케 한다. 아무리 그물망이 조밀하고 그 줄이 튼튼해도 많은 고기를 놓치듯이, 아무리 작가정신이 치열하고 혼신의 힘을 쏟아도 대상은 늘 진면목을 감추고 작가의 의도를 빗나가게 한다. 그렇다. "길은 동적動的이고 그물망은 정적靜的이다." 정적인 그물

이 동적인 존재와 대상을 완벽하게 그물 안에 담아낼 수 없는
일이다. 여기서 작가의 고민이 시작된다. 대상을 언어로 담아
내는 것은 추상화하고 단순화하는 작업이다. 언어의 그물을
던지는 순간 대상의 많은 부분이 빠져나간다. 언어로 불리는
이름과 실질은 일치하지 않는 법이다. 실질, 존재, 사물, 의도,
뜻은 언어로 표현되는 순간 원 모습을 잃고 변형된다. 대상과
말의 불화는 문학의 한계이며 본성이다. 언어를 통해 드러난
것은 대상의 본유적 속성들의 총체적인 집합이 아니라, 사용
된 언어에 의해 만들어진 그물망의 구조화된 형태에 지나지
않는다. "우수와 관념어가 의식하지 못하는 사이에 끼어든다.
이른바 '날것'을 생생하게 드러내지 못해서 글에는 늘 현장감
과 생동감이 결여되어 있다."(같은 글에서) 라는 작가의 진술도
바로 언어의 그물망이 가지는 한계를 지적한 것이다. 이 불완
전한 문학의 그물망을 보완할 수 있는 방법은 무엇인가. 허창
옥은 그 방법으로 깊고 진지한 사유를 제안한다. "대상을 오래
오래 바라보고, 깊고 넓게 느끼며, 보이는 것과 보이지 않는
것 사이의 연결고리를 튼튼하게 잇는 시간을 가져야 한다."(같
은 글에서)는 것이다. 견실한 '문학의 그물망'을 갖추는 것, 이
것이 허창옥이 주장하는 수필 창작방법의 핵심이라 할 수 있
다. 그것은 방법 이전에 치열한 작가정신에 속하는 것이다.

5. 수필에 대한 사랑과 자의식

수필가 허창옥은 그 어떤 수필가보다 수필에 대한 사랑과

자긍심이 강한 작가이다. 지금도 여전히 오리무중의 길을 걷지만, 수필 쓰기를 숙명적인 것으로 받아들인다. 그래서 "수필, 수필 쓰기야말로 내 첫사랑이며 마지막 사랑이다."(「길 그리고 그물망」에서)라고 한다. 그의 작품을 읽어보더라도, 수필가로서의 그의 문단활동을 지켜보더라도, 사석에서 함께 대화를 나누어 보더라도 이 말은 조금도 보탬이 없음을 알 수 있다. 수필에 대한 이 같은 사랑이 있었기에 그는 한국 수필 문단에 역량 있는 중견작가로서 성장할 수 있었다. 그에게 있어 글쓰기는 인식이 아닌 존재의 차원이다. 글쓰기는 그에게 존재의 근거이고 빛이다.

앞에서 논의한 내용을 압축해서 다시 정리해 본다.

첫째, 허창옥의 수필은 깊은 사유를 지향한다. 진지한 사유는 그의 수필에서 방법이고 내용이다. 대상에 대한 철저하고 오랜 사유 과정을 거쳐 성숙된 생각과 느낌을 문학의 그물망으로 건져 올려서 하나의 작품으로 빚어낸다. 그의 작품은 사색적이고 자아의 내면의식을 강하게 표출한다. 극적 전환을 위한 전략적인 플롯을 구축하거나 독자를 교화하는 윤리적인 메시지를 담으려고 하지 않는다. 작가의 의식과 사유가 물 흐르듯이 작품 전체를 흐른다. 둘째, 그의 수필은 따뜻하다. 그의 수필 밑바닥에는 따뜻한 인간애가 짙게 깔렸다. 그는 약국에서 약사로 일한다. 그곳을 찾는 숱한 사람들의 희로애락을 목격한다. 이와 관련하여 작가의 이야기는 이렇다. "그 정감들과 내력들 속에서 내게로 건너오는 것은 인간에 대한 연민이다. 문학은 궁극적으로 인간의 이야기이며 인간의 이야기에서 핵심은 사랑이다. 내 글이 순전히 내 탓으로 보잘것없다 해도 그 속에 인간을 담았다면 그건 날마다 나를 찾아오는 사람들이 내게 준 귀한 선물이다.”(「사람들, 사람들로부터」) 작가의 육신을 가두는 약국은 좁고 한정되어 있으나 세상의 수많은 사연이 집결하는 열린 공간이다. 이러한 공간적 특징은 그의 수필세계에 한계이면서 동시에 끝없는 보고로 작용한다. 셋째, 작가 허창옥은 수필이나 창작에 대한 자의식이 강하다. 작가라면 누구든지 자신이 하는 일에 대해 자의식을 발동시킨다. 그것이 표면화되지 않았을 따름이다. 그러나 얼마나 깊이와 논리를 가지는가의 문제에서는 개인차가 크다. 오랜 창작 경험을 통해 자연스럽게 습득한 습성이기는 하지만 허창옥은 자기만의 확고한 창작방법을 확립하고 그것을 실천하는 작가이다. 즉, 자신의 창작방법과 태도에 대해 끊임없이 검토하고 정리한다. 이는 새로운 길을 찾기 위한 암중모색이라 하겠다. 허창옥의 수필이 갈수록 더욱 성숙한 면모를 보이는 것도 “수필이란 무엇인가, 나에게 수필 쓰기란 어떤 의미가 있는가?”라는 물음을 항시 품고 창작에 임했기 때문일 것이다.

지금까지 이 수필집에 수록된 작품을 중심으로 허창옥 수필세계를 짚어보았다. 이 글에서 비평적 그물망이 제대로 작동되었는지는 의문이다. 말할 수 없이 엉성하고 성긴 그물망이었을 가능성도 크다. 하지만 얼마간이라도 허창옥 수필의 참모습을 이해했다면 그것으로도 만족한다. 이번 수필집을 전환점으로 하여 허창옥의 수필이 새로운 모습으로 독자에게 다가갈 수 있기를 기대해 본다.

〈별첨〉 내 생애의 책 100권

1	성경 (구약, 신약)
2	신곡 (지옥, 연옥, 천국편)-단테
3	부활 1,2 – 톨스토이
4	죄와 벌 1,2-도스토예프스키
5	카라마조프가의 형제들 1~3,-도스토예프스키
6	백치 – 도스토예프스키
7	고리오 영감 – 발자크
8	적과 흑 1,2 – 스탕달
9	데미안 – H.헤세
10	수레바퀴아래서 – H.헤세
11	유리알 유희 – H.헤세
12	싯다르타 – H.헤세
13	나르치스 골드문트 – H.헤세
14	안나카레리나 1,2 – 톨스토이
15	파르마의 수도원 1,2 – 스탕달
16	좁은 문 – 앙드레 지드
17	주홍글씨 – 나다니엘 호손
18	레미제라블 – 빅토르위고
19	제인 에어 – 샬럿 브론테
20	폭풍의 언덕 – 에밀리 브론테
21	양철북 1,2 – 귄터 그라스
22	백년 동안의 고독 1,2 – 가르시아 마르께스
23	쿠오바디스 1,2 – 헨릭 시엔키에비츠
24	달과 6펜스 – 서머싯 몸
25	독일인의 사랑 – 막스 밀러

26	네루다의 우편배달부 – 안토니오 스카르메타
27	변신 – 카프카
28	깊은 강 – 엔도 슈사쿠
29	연을 쫓는 아이들 – 할레드 호세이니
30	그리스인 조르바 – 니코스 카잔차키스
31	영혼의 자서전 – 니코스 카잔차키스
32	토지 1~20 – 박경리
33	태백산맥1~10 – 조정래
34	혼불 1~10 – 최명희
35	미학오디세이 1~3 – 진중권
36	칼의 노래 – 김훈
37	청동에 생명을 불어넣은 로댕 – 노성두
38	문예사조 그리고 세계의 작가들 1,2 – 김병걸
39	철학카페에서 문학읽기 – 김용규
40	나는 왜 비에 젖은 석류꽃잎에 대해 아무 말도 못했는가 – 이성복
41	로마인 이야기 1~7 – 시오노 나나미
42	관촌수필 – 이문구
43	찰스 램 수필선 – 찰스 램
44	그리운 것들은 산 뒤에 있다 – 김용택
45	그 많던 싱아는 누가 다 먹었을까 – 박완서
46	그 산이 정말 거기 있었을까 – 박완서
47	섬 – 장 그르니에
48	카뮈를 추억하며 – 장 그르니에
49	진주 귀걸이 – 트레이시 슈발리에
50	인생은 지나간다 – 구효서

76	나의 문화유산 답사기 1~3 – 유홍준
77	세계명작산책 1~10 – 이문열
78	황홀한 글감옥 – 조정래
79	하늘과 바람과 별과 시 – 윤동주
80	파리의 노트르담 – 빅토르위고
81	참을 수 없는 존재의 가벼움 – 밀란 쿤데라
82	도모유키 – 조두진
83	나의 라임오렌지 나무 – J.M 바스콘셀레스
84	어린 왕자 – 생떽쥐베리
85	갈매기의 꿈 – 리처드 바크
86	외투 – 고골리
87	대지 – 펄벅
88	오후의 사색 – 김시헌
89	풍금소리 – 정혜옥
90	바람과 함께 사라지다 – 마가렛 미첼
91	우리들의 행복한 시간 – 공지영
92	이반 데니소비치의 하루 – 알렉산드르 솔제니친
93	모파상 단편선
94	톨스토이 단편선
95	설국 – 가와바타 야스나리
96	카미노 데 산티아고 – 이난호
97	무진기행 – 김승옥
98	당신들의 천국 – 이청준
99	모리와 함께하는 화요일 – 미치 앨봄
100	사랑하는 사람이여 – 존단